沖喜是門大絕活 1

風文創 1246

茶榆 著

文創風 1246

目錄

序文

茶榆

初識寫作，是在我的高中時期，那時的寫作對於我來說只是繁重學業之餘一個微不足道的愛好，沒想到這種愛好會延續下來，並逐漸成為我生活中不可或缺的一部分，我越來越喜歡文字這種簡單而純粹的表達方式，沈迷於講述各種故事，刻劃形形色色的人物角色。

近年來，穿越題材的小說、影視劇越來越多，當一個又一個的穿越主角在古代大放異彩時，我不禁思考，與這些有著先進思想、先進技術的現代人相比，古人又有什麼難以掩蓋的優勢？而那些經受家族數十年培養的男男女女們，是否也有著他們的獨特魅力？隨著這個念頭的深入，終於，這篇文誕生了。

當異界來客遇上古代土著，一個是情緣淡薄、精於商業的總裁，一個是飽讀詩書、溫柔知禮的大家閨秀，兩者相遇又會摩擦出什麼樣的火花？文章以沖喜失敗開篇，正當女主對未來忐忑迷茫之際，男主的到來成為她立足的最後一根稻草，也拉開了故事的序幕。

這篇文不同於之前的種田文，家長裡短之餘，更側重市井之間，並融入了科舉、經商等內容，男女主各有所長、互相扶持，既有生活的大小事，又有感情的交織磨合。在寫作過程中，我查閱了大量有關科舉、古代商貿的資料，最終定下了本文的主線和基調，並在撰寫大綱的過程中一步步完善和改進優化。文字創作來源於生活，又多有藝術加工，為了增強文章的閱讀性和劇情張力，適當的誇張也必不可少。比如在自然界中，由頭狼率領的狼群雖數量龐大，但也有一定的上限，有記錄的最大狼群數量約是四十二頭，但在文中為了突顯事態緊急等情況，我也會將狼群數量適當增加，從而達到擴大劇情張力的目的。

很榮幸能以淺薄的文字記錄各種各樣的故事，故事的結束也只是讓主角們的生活暫告一段落，或許在另一個時空，這些書裡的主角們仍在繼續演繹他們的精彩人生。

凡事隨心而至，寫文如是，人亦如是，小說有自己的主角，小說之外，每個人也是自己的主角，一顰一笑、一喜一怒，皆值得記錄。

第一章

「我早說過她就是個喪門星，妳不聽妳偏不聽，就為了省那幾兩銀子，把她招進家裡禍害人！如今尚兒不好了全是妳這毒婦害的！我的尚兒啊，我的尚兒……都是奶奶沒錢，無法給你娶個好人家的閨女沖喜啊！都怪妳這該死的喪門星，家務做不好，尚兒也照顧不好！妳就給我跪到尚兒靈前去，但凡有丁點兒不順，我就把妳發賣到窯子裡，叫妳永遠出不來！」

一場喪事，卻叫村裡人聽了滿耳糟污。

陸老二家的大兒子陸尚病逝，滿村人既覺正常，又感意外。

說正常，是因為陸尚從小身子病弱，動輒咳血暈倒，幾次病危，能活到現在全是老天保佑了。

今年自從過了年，他始終病殃殃的，連鎮上的大夫都搖頭說了不好，叫家裡準備後事。說意外，則是因陸老二家前不久才給陸尚買了個沖喜的媳婦，本想靠著沖喜的媳婦多挺個幾年的，誰承想這成親還沒三個月，喜事就成了喪。

懷著不知是遺憾還是看熱鬧的心思，一村人全跑來陸老二家，明面上說是弔唁，然心底到底怎麼想的，也只有他們自己知道了。

兩天下來，果然不叫他們失望。

自陸尚入了棺後，陸老二家每天都要來上一場戲，家裡大小十幾口，哪怕一個孩子，也能踩上姜婉寧一腳，反嘴罵一句，不光不會被大人責怪，還要誇他罵得好。

姜婉寧便是陸老二家花了三兩銀子買來的沖喜妻。

陸家村的人並不知這個沖喜妻的底細，只知她是個被判流放的犯官之女，在流放路上賣給人做媳婦兒。

說實在，不愧是曾經的大戶人家，饒是落魄了，也與他們這些泥腿子不一樣。

只是再怎麼不一樣，到了陸老二家人嘴裡，就是個能肆意支使打罵的便宜貨。

就像現在，村裡死了人，很少會有停靈一事，尤其遇上夏天，為了防止屍首發臭，大多只在家裡停上半日就要下葬，家裡富裕的就準備一口棺材，沒什麼錢的一張草蓆也就了事。

誰知陸老二家偏要學什麼城裡大戶，草草起了一間草屋，佈置了個靈堂，一定要陸尚他媳婦兒日夜不停地跪足七日！

那佈做靈堂的草屋建得太倉促，四面漏風不說，連屋頂也破破爛爛的，風一吹，整間屋子都顯得搖搖欲墜。

這靈堂與其說是為了懷念陸尚，倒不如說是為了折磨姜婉寧而建的。

畢竟能幫家裡免稅的人不在了，總要有人可讓他們出口惡氣。

是了，陸尚身子不好歸不好，卻是陸家村為數不多的秀才。

大昭規定，秀才見官不拜，犯事除刑，除每月二兩月俸外，另可免三十畝田地賦稅，凡家中所屬，亦可免除所有勞役。

也正是因為秀才身分帶來的特權，叫陸尚這個前妻留下的獨子在家裡順當活了下來，哪怕疾病纏身，也不至於病死在床上無人搭理。

雖然苟延殘喘了這麼多年，但折騰半天，他到底沒逃過一命嗚呼的下場。

月上柳梢，村裡弔唁的村民相繼散去，孤冷靈堂裡只餘姜婉寧一人。

透過半掩的小門，可見一個清瘦單薄的身影倒映在地上，燭火閃動，影子也變得虛幻扭曲起來。

草屋裡空蕩蕩的，只中間放置一口暗沈沈的棺木，房屋四角點了四支蠟燭，但因用了太久，只餘下短短一個蠟燭頭，燃起的火光更是微弱。

這種夜深人靜的時候，哪怕單獨待在一間草屋都會害怕，何況屋裡還放了棺材。

兩天下來，姜婉寧被婆婆王翠蓮按在靈前，跪拜用的草墊也給撤去，雙膝連日跪在冰冷的地面上，加上夏日衣衫單薄，她的雙腿早已麻木。

昨晚人都走了後，姜婉寧本是要起身休息的，然她才站起來不過片刻，就被前來察看的王翠蓮抓了個正著，要不是她繞著棺材躲閃，只怕又少不了一頓打罵。

也虧得是在半夜，王翠蓮害怕屋裡的死人，最後只插腰罵了一通，也就氣沖沖地離開了。

只是有了昨日的教訓，姜婉寧怕又被逮住，便是此時膝蓋疼得發麻，也沒敢動彈。

她不懼苛責打罵，卻受不了真被發賣去窯子。

而陸家人會說出這種話，更可能把事真真切切地做出來。

姜婉寧來了陸家近三月，對這一家人看得透透的，被買來時的多少幻想，也在日復一日的冷遇、謾罵中碎了個乾淨。

當初陸家買她時，便是為了給家裡的病人沖喜，如今陸尚走了，那她……

想到自姜家失勢後的種種，姜婉寧眼中閃過灰敗，對之後的日子更加絕望。

屋外夜色漸濃，夏風吹拂到草屋裡，帶來幾分涼意。

姜婉寧這半年來身子大不如從前，被風吹著不僅不覺清爽，反生出幾分寒意。

她動了動膝蓋，本想悄悄站起來活動一二，可才稍有一點動作，便被膝蓋上的針刺感扎得面上一痛，只得趕緊停了動作，不敢再有片刻妄動。

透過微弱的燭光，只見那張稚嫩的臉上顯了幾分蠟色，一頭烏黑的青絲也在髮梢露出一點焦黃，而曾經不沾陽春水的十指，更是覆了一層薄繭，指尖依稀可見細小的傷痕。

姜婉寧實在太瘦了，本就不大的衣裳穿在她身上，袖口仍是空蕩蕩的，露出的手腕兩指就能圈起來，而她後肩也瞧不出一點肉，全是凸起的肩胛骨。

等她呼吸漸漸平緩下來，脊背佝僂得更厲害了，小小一團，在厚重的棺木下越顯渺小。

隨著村裡的雞鴨鵝狗進入沈睡，靈堂徹底陷入死寂之中，屋外稍微一點風吹草動，聽在姜婉寧耳中都是一聲午夜驚響。

她再三告訴自己不用怕，可許多情緒上的東西，不是理智就可以控制的。

「沒事的、沒事的，陸尚可弱了，就算詐屍了，我也能打得過他……」想到那個病得風一吹就倒的丈夫，姜婉寧暗暗給自己打氣。

咚！

「啊啊啊——」

不知何處傳來的一聲敲擊讓她猛一激靈，控制不住地尖叫出聲。

姜婉寧的瞌睡一下子就沒了，要不是被雙腿拖累，她早就連滾帶爬地逃了出去。

眼下雖然動不了，卻也不礙她捶打雙腿，就等痠麻緩和後，好早早逃離這鬼地方。

只是……姜婉寧胡亂捶打的手忽然停住了，她愣愣地抬起頭，望著不遠處的棺木，竟想不出還能逃去哪兒？

莫說還沒見到鬼怪，萬一真有點什麼，陸家人不把她祭了鬼神都算好的，遑論是收留她避難。

她茫然地環顧四周，回望過去這一年多時間，自己從一個千嬌百寵的大家小姐，到流放路上為母籌診金的沖喜妻，她從未向旁人訴說過艱苦，也沒人能交談一二。

可這並非是她不害怕、不委屈。

夏風吹滅牆角的蠟燭，草屋內更昏暗了幾分。

難過沖散了未知的恐懼，姜婉寧頹然地跪坐在地，屏息細聽，確定再沒有那奇奇怪怪的聲響後，終忍不住小聲啜泣起來。

也不知過了多久，她停下哭泣，只可憐兮兮地抹著眼淚。

就在她準備坐下歇一歇的時候，又一聲悶悶的敲擊聲響起！

「啊啊啊啊——」姜婉寧被嚇壞了。

這一回，彷彿是故意嚇她似的，敲擊聲沒有消失，而是每隔一段時間就響個兩、三下，那聲音沒什麼規律，輕重也不一。

姜婉寧不想探究聲音的來源，卻耐不住那聲響在這草屋裡太過明顯，不過稍稍定神，就能尋到發出聲響的地方。

她吞了吞口水，狠狠掐了自己一把。

聲音的來處還是沒有變。

姜婉寧瞪大了眼睛，呆呆地望著發出聲響的棺木。

咚、咚、咚……

敲打聲就像催命符，一下下全打在了她心上。

在又一聲敲打聲響起後，姜婉寧「哇」的一聲哭了出來。

「嗚嗚……雖然你不待見我，但我好歹是你過了門的妻子，看在我照顧了你兩個多月的分上……陸尚你別嚇我啊！嗚……」

她邊哭邊往後退，不小心撞在待客的桌子上，偏她被嚇得六神無主，連繞開都忘記，只顧著往後擠，半天都沒能挪動開來。

伴著棺材裡響起的敲打聲，夜風彷彿也開始變得陰森起來。

就在姜婉寧幾乎要嚇昏厥過去時，那棺材裡的聲音忽然停下了。

下一刻，整個棺材板劇烈地抖動起來！

大驚之下，姜婉寧已經忘記了哭，只剩木訥地呆坐著，眼睛一眨也不眨地盯住棺材。

棺材板上下抖動著，緩緩從兩側的卡槽中移了出來。

「咣噹」一聲，棺材板被推出去，重重落在地上！

在之後的很長一段時間裡，草屋裡都是死寂的。

只有棺木裡傳出的微弱喘息，以及偶爾響起的兩聲熟悉的悶咳，輕飄飄地傳到姜婉寧耳中，威力卻毫不亞於夏日驚雷。

下一刻，一隻蒼白泛青的手扒上棺材邊，那手慢吞吞地往外挪動著，一直到抓住借力的點，才驟然用力，棺木裡的人坐挺了起來。

於是，姜婉寧便看見，她那死了兩日的病秧子夫君，一邊喘著粗氣，一點點地從棺材裡爬了出來。

藉著昏暗的燭火，她恍惚間彷彿瞧見了陸尚泛著青光的眼睛。

「……鬧鬼啊！」

逃。

姜婉寧的眼淚嘩啦啦地往下掉，慌張中頭磕在桌腿上，她也顧不得疼了，扭頭就往外面

陸尚半個身子都掛在棺木邊沿上，他實在沒了力氣，手下一鬆，放任自己摔出棺材。

忍過一陣昏沈後，他聽著耳邊的尖叫，一睜眼，卻見一個女子正四肢並用、慌裡慌張地往外爬著。

好不容易從棺材裡爬出來，陸尚可不想再不明不白地丟了性命，於是他重重喘息了兩聲後，張口喊道：「站……住……」

姜婉寧自認自己不是個傻子，面對不知是人是鬼的詐屍夫君，她是瘋了才會聽話地停下！

她匆匆抹去眼淚，不光沒站住，反倒爬得更快了。

就在她摸上小門、即將逃離這詭異靈堂的時候，卻聽背後傳來一聲痛苦的呻吟。

緊接著，那個從來只會用看髒東西一樣的眼神看她的人，正用氣音說著「救救我」。

姜婉寧的手懸在半空，眼中閃過一瞬的迷茫。

陸尚說完這兩句話，便徹底脫了力，他眼前一陣漆黑，大腦傳來陣陣鈍痛，就連心肺也跟著湊熱鬧，一聲聲的鈍咳下，嘴角不斷溢出血絲。

他想全心對抗這具不爭氣的軀體，卻又不受控制地凝神聽著周遭動靜，尤其是在那啜泣聲消失後，饒是他平時再如何運籌帷幄，也不免產生了兩分惶恐。

他本是在埃爾維斯郵輪上參加商業聚會的，也不知是誰負責的安檢，竟放了個攜帶炸藥的瘋子上船，在「轟」的一聲巨響後，正處爆炸中央的陸尚當場就失去了意識。

雖不知那之後發生了什麼事，他又是如何進到了棺材裡，但剛才的匆匆一瞥，見到的都與他過往所熟悉的物件大有不同，就連身體的感覺也跟之前不一樣了。

但既是還有命，他總不想再死一回。

就在陸尚絞盡腦汁，試圖引人過來的時候，已經逃至門口的姜婉寧撐著門框緩緩站了起來。

她背對著棺木，閉著眼睛不敢去看後面的景象。

她還是怕的，怕得雙腿顫個不停，心跳聲大到每一聲都能聽得清清楚楚。

若是可以，她簡直想頭也不回地逃出去，跑得越遠越好，最好一輩子也不回來。

但事實上，不說她能不能跑出陸家村，就算真能出去了，她又可以逃去哪裡呢？

一個連戶籍都沒有的犯官之女，去到哪裡也是躲躲藏藏。

又或者，再尋戶人家，把自己給嫁出去？

姜婉寧勾了勾嘴角，自嘲地笑了笑。

她睜開眼睛，動作遲緩卻堅定地轉過身去。

藉著燭光，她看到了趴在地上的男人，也不知是不是她耽擱了太久的緣故，剛才還掙扎撲稜的人已經進氣少、出氣多了，腦袋無力地枕在小臂上。

姜婉寧嫁入陸家近三個月，婆母等人暫且不談，這個曾被她寄予希望的夫君待她同樣冷淡。

陸尚並不待見她。

這是與他成親的第一晚，姜婉寧就知道的。

正如她被買來時說的那樣，她在陸家的作用只是沖喜，至於陸尚願不願意碰她，全看他的意願。

反正這近三個月以來，姜婉寧沒上過一次床。

有時碰上陸尚發脾氣，那是連屋裡都待不下去的，只能抱著鋪蓋滾去院子裡，院裡的古槐便是她的棲息之所。

就連成婚那日，陸尚也是一臉厭惡地看著她，罵道「區區罪臣之女，也配嫁與我為妻」？

姜婉寧自小也是被嬌寵長大的，再是落魄，也受不得被一個鄉下小秀才指著鼻子罵。

當她被趕出屋門，聽著屋裡傳來的許多侮辱時，簌簌的眼淚打在手背上，留下了一道道泥印。

那時她在想什麼呢？

姜婉寧仰頭回憶著，她好像在想……陸尚怎麼還沒死？

可是，當陸尚真的死了，她在家裡的處境並沒有改善半分，更是因為沒了沖喜作用，時時面臨著被賣去窯子裡的威脅。

姜婉寧目不轉睛地盯著陸尚，直到看見他胸口微乎其微的起伏，她才有了動作。

「陸尚？」

姜婉寧擦乾臉上的淚痕，小心翼翼地走過去。

她一邊走一邊呼喚，只是一直走到了陸尚旁邊，也沒得到一聲回應。

姜婉寧也不知是該失望還是慶幸，她猶猶豫豫地蹲下去，伸手試圖去探陸尚的鼻息。

就在她的食指即將碰上陸尚的時候，卻見那雙目緊閉的男人猛地張開眼睛，漆黑的眸子叫她當場愣住，直到被人緊緊箍住手腕，異於常人的冰冷才讓她回神。

「啊——」

姜婉寧嚇瘋了，拚了命地往後拽。

卻不知陸尚哪來的力氣，抓住了便不肯放手，哪怕被拖著動了好幾下，浮現屍斑的手還是牢牢掐在姜婉寧腕上，一青一白，格外詭異。

等姜婉寧叫累了，陸尚終於開口了。

「水……」

「嗚嗚嗚……」

「我說，水……」

「嗚嗚嗚……」

姜婉寧搖著頭，努力想聽清他說話，但字眼入了耳，只剩下嗡嗡的鳴響。

按在她手腕上的手指又軟又涼，她沒碰過死人，活人總是碰過的，而眼下的手指，顯然並非正常。

陸尚無奈地閉了閉眼睛。

「妳再哭……我就真死了……」

哭泣聲戛然而止，姜婉寧抽噎了兩聲。

「你要……」

「……水。」

陸尚說完，歪頭咳嗽兩聲，又吐出一口瘀血。

「水、水……」姜婉寧下意識去找水，抬頭瞧見桌上剩下的半壺涼水，她眼睛一亮，隨即看向自己的手。「我、我去拿給你？」

陸尚沈默片刻。

「……妳別跑掉。」

「我、我不跑！」

姜婉寧快速搖頭，卻還是沒忍住往門口看了一眼。

陸尚如今精力不濟，沒能瞧出她的蠢蠢欲動，喉嚨裡火燒火燎的乾啞叫他不得不賭上一把，指尖微動，終將姜婉寧放開。

就在他手落下的一瞬，姜婉寧像隻受了驚的兔子，猛一下子就竄到後面去。

她張大嘴巴，大口大口地喘息著，眼角不受控制地滑下淚痕。

好在許久的鎮定後，她沒有再逃，而是顫巍巍地站起來，一步一回頭，一邊觀察著陸尚，一邊挪去桌旁取水。

桌上的水是白日招待客人剩下的，農家小戶沒有茶，往水裡撒上一小把麥粒已經很難得了。

姜婉寧舔了舔乾巴巴的嘴唇，將茶壺裡的最後半碗水倒進碗裡。

她拿著碗，又做了許久的心理準備，這才重新走回去。

等她再次蹲在陸尚身邊時，陸尚一下子睜開了眼睛，眼中雖仍混沌，卻沒有片刻的遲鈍。

姜婉寧這才明白，這人始終清醒著。

也虧得她剛才沒動歪心思，不然若真拿起桌凳往陸尚身上砸……

姜婉寧面色古怪，仔細評估了一下自己與陸尚的實力差距，這麼一比較，竟真的很難說誰會占上風。

陸尚不知姜婉寧複雜的內心轉折，半天才輕嘆一聲。

「我以為……妳是要渴死我……咳咳咳……」

他的每一聲咳嗽都會帶出一點血沫，面色也越發蒼白。

姜婉寧抿了抿唇，將碗放在地上，然後慢慢湊近，最後用雙手捧住陸尚的腦袋，小心靠在自己雙膝上。

她照顧人的經驗並不多，如今心裡又存著怕，餵給陸尚的半碗水最終灑了一半。

等陸尚再要，她也只能搖頭。

「沒有水了。」

陸尚問：「我有家嗎？這是哪兒？」

姜婉寧有些不明白，卻還是小聲回答他。

「這是新建的草屋，是……是奶奶特意給你搭的靈堂，你、你這樣……算、算是活了嗎？」

「咳咳咳……」陸尚被她逗笑了，開口欲說話，先被嗆了兩聲。他雖想了解眼下情況，卻實在分不出多餘的精力，遂改口說：「送我回家吧，再幫我找個大夫……妳可是說過不跑的，妳要是跑了，我可就真死了……」

姜婉寧細細聽著，只覺陸尚的聲音越來越弱，等最後一個字音落下，他的身子也徹底軟倒下去。

姜婉寧動了動手指。

「陸、陸尚？」

這一回，再沒有人給她回應了。

便是她伸手拍在陸尚臉上，對方也沒睜眼，若不是仍能看見他胸口的起伏，姜婉寧都要以為他又死了過去。

陸尚說，送他回家，再找個大夫。

姜婉寧嘴唇微動，將這話在嘴邊唸了一遍。

她扶著陸尚的後背，想將他撐起來，然而費了半天的勁，陸尚還是軟趴趴地滑了下去。

陸尚久病在床，身軀算是瘦弱了。

奈何姜婉寧年紀太小，又許久沒吃飽過，能將他撐起來已是不易，更遑論把他拖回家。

正當姜婉寧對著地上的陸尚手足無措時，卻聽草屋外傳來一陣嘈雜聲。

陸尚的靈堂雖然沒有建在農戶多的地方，但周圍還是有幾戶人家的。

自他醒來後，姜婉寧接連驚叫了幾次，正好被起夜的人家聽見了。

那戶人家聽她叫得實在淒厲，擔心是出了什麼事，思量再三，還是穿上衣裳，去外面叫了人。

想到這裡畢竟是陸尚的靈堂，他們又去了趟陸老二家。

王翠蓮不耐，不願跟來，但架不住陸奶奶記掛著孫子，使喚不動兒媳，陸老二還是聽話的。

於是，這前前後後叫了一通，等過來靈堂時，已經聚集十來口人。

亮堂堂的火把照進草屋，於是結伴過來的村民便看見這一幕——

陸老二家的大兒子躺在地上，他那個買來沖喜的妻子則跪坐在一邊，雙手還放在他臉上。

這是在做什麼？

「妳這殺千刀的毒婦！妳要對我的尚兒做什麼？」一聲尖銳的叫喊聲打破沈寂，陸奶奶抄起門口的木棍，批頭蓋臉地砸了過去。

姜婉寧被這一群人的到來嚇到了，而陸奶奶的舉動更是出乎她意料。

她倉皇地躲閃著，眼睜睜地看著木棍砸在陸尚肩上。

陸尚在昏睡間受了痛，身體不受控制地顫了一下。

與此同時，姜婉寧連忙喊道：「陸尚詐屍了！陸尚復活了！」

陸家的病秧子在靈堂詐屍了！

不過半日，這消息便傳遍了整個陸家村。

與停靈時絡繹不絕來看熱鬧的人相比，這次湊來陸老二家看熱鬧的人卻是少之又少。

這當然不是因為他們不好奇，無非是大多數人對生死還心存著敬畏，尤其是本該死了的人突然動彈了，誰知道是吉是凶？

有那實在好奇的，還沒踏出家門口就被人拽住後衣領，轉而被狠狠揪住耳朵。

樊三娘一巴掌拍在自家男人腦袋上。「你個混帳玩意兒！我早上怎麼跟你說的？你又想去陸老二家看熱鬧是不是？」

「沒、我沒，不是……」

「放屁！我還不曉得你？你就是個悶事精，哪兒有事往哪兒湊！你也不看看這都什麼事，死人的事你也敢湊？」

陸啟自認理虧，只得連聲求饒。「我錯了、我錯了！三娘，我不出去了！好媳婦兒，妳快鬆鬆手，我這耳朵快掉了……」

樊三娘冷笑一聲，看著他紅透了的耳朵，一巴掌把人推出去，厲聲警告道：「我不管你多好奇，把你的好奇心給我壓住了！陸尚這事太邪門了，你想死，家裡的一大家子可還沒活夠！」

「是是是，我都聽妳的！」聽樊三娘這麼一說，陸啟才後知後覺地生出幾分寒意。他打了個哆嗦，忙不迭地離家門更遠了兩步，討好地笑著。「我不出門了行不？三娘什麼時候叫我出去了我再出去，妳別生氣。」

看著他傻裡傻氣的樣子，樊三娘最後一點怒火也散了。

她在圍裙上擦了擦手，不知想到什麼，不禁輕嘆一聲。

「沒管你，你要出就出，別往陸老二家湊就是了，不過你要是……你要是碰見陸尚他媳婦兒，幫我瞧瞧她好不好？要是實在不好了，來咱家住兩晚也行。」

說完，樊三娘就回了廚房。

陸啟「哎」了一聲，算是應下。

成了全村關注中心的陸老二家，此時也不平靜。

陸老二被陸奶奶驅趕著，大半夜就跑去外面請郎中。

他們陸家村位置太偏，四面不是山就是水，前些年村裡還是有大夫的，後來老大夫實在受不了村中貧瘠，收拾了家當，帶著家人投奔親戚去了。

在老大夫走了之後，村裡人若有個頭疼腦熱的也只能靠自己熬過去，實在不好了，才會去相隔幾十里外的鎮上請郎中。

請郎中除了要付草藥錢，還要另付一份出診費。

三十文的出診費對陸家村的每一戶來說，都算一筆不小的支出了。

王翠蓮和陸老二不想出這份錢，到最後還是陸奶奶掏出棺材本，不管是好是壞，總要盡力救救她的大孫子。

陸尚自被抬回來後，始終不曾睜眼，好在他的呼吸一直平和，也不曾出現嗆咳等情況。

陸奶奶就坐在他床邊，抓著他的手不放，時不時探一探他的鼻息，如此才能安心。

往常陸尚發病，姜婉寧都是要忙裡忙外照顧的，這回卻是大不一樣了。

從回家後她就被陸奶奶喊來身邊，不叫她燒水，也不用她做飯了，就搬個小板凳，靜靜地坐在床腳，離陸尚越近越好。

「好姑娘，妳離得近一點，妳近一點才好叫尚兒盡快好起來。」

陸奶奶擦一擦眼淚，對姜婉寧露出一個牽強的笑。她小聲唸著，不知是說給姜婉寧聽，還是在自言自語。

看著陸奶奶和藹的面容，簡直跟之前大喊「毒婦」時判若兩人。

那雙滿是褶皺的手拍撫在姜婉寧肩頭，叫她縮了縮肩膀，頗有些想躲閃。

姜婉寧已經兩天沒有合眼了，前不久又受了驚嚇，好不容易到了一個熟悉的地方，睏意漸漸席捲而來。

她靠在床腳，不一會兒就打起了瞌睡，腦袋一點一點的，雙手攏在膝上。

陸奶奶的全部注意力都放在陸尚身上，又或者唸著姜婉寧把陸尚沖活了，因此沒有喝斥什麼。

就這樣，一直到了清早，王翠蓮剛準備去做早飯時，突然想起喪門星回來了，於是她一插腰，轉頭就奔去陸尚房裡。

「都幾時了還沒做好飯？我看妳這日子還想不想過了！」

房門被「啪」一聲踹開，姜婉寧瞬間驚醒。

姜婉寧有些睡懵，雙眼尚且矇矓著，抬頭就見王翠蓮怒氣沖沖地闖了進來。

只是不等姜婉寧有所反應，陸奶奶先惱了。

陸奶奶抄起床上的小枕，直生生砸向王翠蓮。

「我看妳才是不想過了！妳吵嚷什麼？妳是不是故意不想叫我的尚兒好起來？吃吃吃，光會吃，妳想吃飯不會自己做嗎？整日光會支使婉寧！怎麼，妳自己不會做是嗎？妳給我出去，滾出去！尚兒好不容易緩過來，要是再有個萬一，全都是妳害的！」

陸奶奶膝下有三個兒子，老伴前些年過世，她便跟著陸老二住。

但陸奶奶跟村裡許多寄人籬下的老太太不同，她手裡還握著一份田契，整整四畝地，要等她臨終才肯交出去。

陸奶奶對三個兒子還算公平，可要是對上陸尚，那所有人都要靠邊站。

王翠蓮耍威風不成，反被劈頭蓋臉罵了一通，她不好跟老太太掰扯，就只能把怨氣撒在姜婉寧身上。

然而不等她恨恨地瞪姜婉寧一眼，陸奶奶已經趕過來，連推帶搡的，直把她推出房門下一刻，屋門重重在王翠蓮眼前闔上。

屋裡，陸奶奶拍了拍胸口，看向姜婉寧說：「妳別怕，只要尚兒好好的，誰也動不了妳。妳立了大功勞，是個好孩子，幫奶奶把尚兒救了回來，在這個家裡，只要尚兒好，妳就好。」說著，她那雙因年邁而顯得混沌的眼睛裡閃過一抹精光。

陸奶奶說完，徑自從姜婉寧身邊走過去，重新坐到床邊，抓著陸尚的手繼續僵坐。

姜婉寧轉過身，定定地看著床上的一老一少。

在陸家，陸奶奶對她算不上好，卻也稱不得差。

有時姜婉寧做了一天活兒沒飯吃，還能得陸奶奶施捨的半個饅頭，這比起其他陸家人，已經是難得的善意了。

或者說，但凡是與陸尚有關的，都能得到陸奶奶的幾分寬待。

就連月初陸尚病重，陸奶奶對姜婉寧還抱有不切實際的幻想，免了姜婉寧好幾天家務，就為了叫姜婉寧在陸尚身邊多待待，興許就能把她的大孫子救回來。

直到陸尚病逝，陸奶奶才性情大變，將陸尚的死全部歸咎於姜婉寧身上。

但無論如何，這還是姜婉寧第一次受陸奶奶這般明目張膽的偏愛，哪怕這份偏愛全是因為陸尚，卻也叫她看見了另一種可能。

……只要陸尚好好的活著。

姜婉寧雙手蜷起，指尖抵在掌心，呼吸都急促了幾分。

一直到晌午，陸老二才把鎮上的郎中帶回來。

郎中姓許，自己開了一家小醫館，收了三、四個徒弟，這次跟他來的便是小徒弟。

許郎中也算是陸老二家的常客了，上回說要準備後事的也是他。

他還不知陸尚過世，只當是日常看診問脈，路上還不斷說著。「不是我說，陸秀才這病全靠湯藥吊著，問題是你家也不是什麼大富大貴的人家，許多藥開不了，與其一直拖著，倒不如……」

的。」

剩下的話許郎中不好直說，只搖搖頭，未盡之語不言而喻。

只是這一回，陸老二並沒應和什麼，只古怪地看了他一眼，然後埋頭往前走。

等到了家裡，一家子人全圍了上去。

許郎中被他們的熱情嚇到，連連擺手。「不用跟著我，我都知道，我會給陸秀才好好看的。」

陸家人不說話，始終跟在他後面。

便是到了陸尚屋裡，他們也一定要守在門口，許郎中搞不明白，摸摸腦袋，也就不多想了。

屋裡，陸奶奶已經迎了上來，她沒說陸尚死而復生的事，只道：「尚兒前些日子突然不好了，可昨兒又突然有了精神，許大夫給我們尚兒看看，這是怎麼了？」

許郎中應一聲，帶著小徒弟走去床邊。

姜婉寧適時地把陸尚身上的薄被掀開，然後便退去一個不引人注意的位置。

陸尚平躺在床上，身上的衣裳已經褪下，只留了一身單衣，單衣許是不大合身，手腕、腳踝都露了出來，連帶上面的青色斑點也顯現出來。

許郎中在瞧見陸尚的模樣後，眉頭一下子就皺了起來。

他身邊的小徒弟更是當場失聲叫了出來。

「師父，您瞧這可是屍斑?!」

周遭人的臉色當即就變了。

許郎中轉頭厲叱。「住嘴！胡咧咧什麼！」他擦了擦額上的汗水，將失言的小徒弟趕出去，嘴裡念叨著「沒事、沒事」，小心探上陸尚的手腕。可他才把手放上去，就驚疑一聲。

「這脈……」

「許大夫，怎麼了？尚兒可還好？」

許郎中沒有說話，探查得更加仔細了。

過了許久，他終於收起脈枕，長長舒出一口氣。

在陸家十幾口的注視下，許郎中斟酌地說：「我觀陸秀才脈象，卻是比上月好了許多，雖仍有體弱之症，已經少了許多死沈之氣。依我之見，再休養一段日子，參加今年的鄉試也不成問題。」

此話一出，連滿臉不高興的王翠蓮都變了臉色。

王翠蓮兩步趕上前去。「大夫，你說啥？你說陸尚能參加鄉試了？」

許郎中摸摸鬍子，不敢把話說得太死。

「依老夫之見，只要休養得好，鄉試——」

「我覺得還是不太行的。」

一道虛弱的聲音接了許郎中後半句話。

眾人錯愕，不約而同地望向聲音的主人。

只見陸尚不知何時醒了過來，捂著嘴咳了兩聲，一臉虛弱。「鄉試，不可。」

鄉試如何，那全是後話了。

眼見陸尚醒了過來，陸奶奶第一個撲了過去，用那顫巍巍的手將他上上下下摸了一遍，直到陸尚有了躲閃的動作，她才想起來叫大夫。

「許大夫，你快給尚兒看看！」

許郎中「哎」了一聲，搓了搓手，重新上前。

他先後診了脈、看了舌苔，又叫陸尚露出前胸後背，雖對他上身宛若屍斑的青紅斑痕多有猜疑，卻也不好在人前說什麼。

他老生常談地交代了休養，又按照慣例開了幾副補氣元血的方子，結好診費、藥費，便出去叫上小徒弟，揹著藥箱返回鎮上。

陸老二負責再把他們送回去，順便抓藥。

而家裡的其他人，則是扒在陸尚房門口，探頭探腦地望著裡面。

陸奶奶一門心思全在甦醒的大孫子身上，並未注意到門外的喧譁。

還是陸尚被盯得久了，咳嗽一聲，道：「關上門吧。」

不等陸奶奶說話，始終躲在角落裡的姜婉寧立即碎步跑過去，低頭將房門合得緊緊的，她想了想，又插上了門閂。

被鎖在門外的王翠蓮一臉菜色，咒罵兩句，轉頭又拉下臉。「都堵在這兒幹什麼？還不快去幹活！」

剩下的人不是她兒子、女兒，就是兒媳、孫輩，自不敢與她頂嘴，不過頃刻就一哄而散。

至於屋裡，陸尚這才發現姜婉寧的存在。

他不瞎也不傻，見了這麼多人，隱約意識到了自己的處境，雖不知這是哪個朝代，但總不會是他生長的現代。

想到他前不久才脫了衣衫，而古時候男女之防又尤為厲害，他不免有些頭疼。

然不等他問些什麼，陸奶奶已經對他噓寒問暖起來。

「尚兒可有感覺哪裡不好？你之前總說胸悶、喘不上來，現在可好些了？都怪奶奶沒去守著你，這都不知你那邊發生了什麼事，多虧有婉寧在，那算命先生說得對，不然、不然……」

陸奶奶根本不敢多想，嗚嗚地哭了起來。

陸尚只得收回心神，悉心寬慰著。

「沒事了、沒事了，奶奶您別哭，我這不是好好的。」

他沒有這具身體的記憶，對陸奶奶的一點認知，也全是從那三言兩句中推斷出來的。

卻不想，就是這幾句人之常情的寬慰，反叫陸奶奶和姜婉寧驚住了。

「怎、怎麼了？」

被兩雙直勾勾的眼睛盯著，陸尚頗為不自在。

過了好久，陸奶奶驀然老淚縱橫。

「好好好，奶奶不哭了！尚兒好起來了，這樣大好的日子，奶奶不喪氣！經過這一場大病，尚兒卻變得更好了……好好好。」

陸尚被她說得滿頭霧水，有心想問個清楚，又恐多露馬腳，只能訕訕地應下。

殊不知，單是他對陸奶奶的幾句寬慰，便與原身大相徑庭。

在陸奶奶心裡，她的大孫子哪裡都好，模樣好，學問更是出彩，十四歲過了童生試，十六歲就成了秀才，要不是被身體拖累，說不準早就成了狀元。

身子是打娘胎裡帶出來的毛病，怨不得誰。

但除了病弱的身子外，大孫子還有一點不好，就是脾性太孤僻了點，說得難聽些，便是太冷漠了，對誰都少有兩句好話。

親爹、後娘暫且不提，陸奶奶對他絕對是掏心掏肺的，可就是這樣，陸尚對她也沒有多餘的溫情。

說得再難聽一點，白眼狼也不過如此了。

換成以前，陸尚能對她有個笑臉，陸奶奶都要高興好半天，遑論是被這樣溫聲寬慰。

陸奶奶有心再多說幾句，無奈陸尚實在精力不濟，她尚在碎碎唸著，陸尚已經閉上了眼睛。

正這時，身側響起柔柔的聲音，姜婉寧小聲道：「奶奶，陸尚睡下了。」

陸奶奶低頭一看，果然是這樣。

陸奶奶跟著熬了半個晚上，前些日子也沒休息多好，眼見陸尚好轉，這精神頭也一下子褪了，饒是有再多不捨，也只能先壓下。

「那我就先回房了，尚兒這邊……」

陸奶奶把姜婉寧叫來身邊，拍了拍她的肩膀，長嘆一聲，遂起身離去。

第二章

陸尚這一睡，又是一整個下午。

中途除了陸奶奶來看了一眼，送了回藥，其餘再無人打擾。

姜婉寧原本還怕王翠蓮又來找麻煩，可不知陸奶奶做了什麼，這一整個下午，不光王翠蓮沒來，就連屋外都少了嘈雜。

她在陸尚床邊守了一會兒，看他沒有甦醒的跡象，便找出自己的被褥，鎖了門，挨著門口打了地鋪。

屋外一片安詳，屋裡兩人也睡得坦然。

直到黃昏時分，陸尚率先轉醒，他敲了敲昏沈的腦袋，望著頭頂陌生的梁木，好半天才反應過來自己所處何地。

他正想起身四下看看，忽然聽見屋裡有第二人的呼吸。

這間屋子很小，等他撐著床頭坐起來，第一眼就瞧見了睡在門口的人。

他靠著床頭仔細去看，可下一刻，對方夢中似有所感，猛地驚醒過來，才坐起來就和陸尚對上眼了。

姜婉寧打量著陸尚不算好看的臉色，心下一顫，當即開口解釋道：「我沒靠近你，我一直待在門口！」

陸尚沒應，看了看她，又看了看她枕在身下的被褥。

片刻後，他問道：「還沒問過，妳是哪位？」

話一出口，姜婉寧眼中閃過一抹茫然，但她也沒多想，下意識回道：「我、我是買來給你沖喜的妻子啊……」

「妻子?!」

陸尚的聲音都變了。

姜婉寧小聲應了一句。

陸尚眉心一跳，忍不住按了按額角。

他終於想起來，之前躺在棺材裡似乎是聽見了「過了門的妻子」什麼的，可那時他腦子一片混沌，還以為是自己聽錯了，如今再聽一遍，卻是再無疑義。

陸尚單身三十年，年少時生活落魄，每天都在為生計奔波，自是對情愛沒有多餘的想法。

等他打造起自己的商業帝國，功成名就之後，他所碰見過的異性，最多也只是同桌吃個飯而已，無論是那些湊上來的，還是旁人介紹的，他皆沒有進一步發展的打算。

他雖不抗拒婚姻，卻也沒想過婚姻會來得這樣猝不及防。

尤其是……他望著姜婉寧單薄瘦小的身軀，忍不住問了一句。

「妳多大？」

姜婉寧說：「年初剛及笄。」

陸尚一聽，在心裡連續唸了許多遍「這是古代、這是古代、這是古代」，才壓下心底的罪惡感。

但再怎麼自我催眠，等看見姜婉寧身下的被褥，他也有些看不下去。

陸尚沈默片刻，復說道：「我這死了一次，腦子有些糊塗，妳把妳知道的事給我說說，我看能不能想起來。」

死而復生的事情都能發生，忘點事情什麼的，那可就太普通了。

姜婉寧不作他想，點點頭，如實敘述。

一個在商場廝殺了十幾年的老油條，想要哄騙一個小丫頭，實在易如反掌。

聽著耳邊怯怯的聲音，再看姜婉寧完全扭在一起的手指，陸尚罕見地生出了兩分羞愧感。

直到姜婉寧把她知道的講完了，屋裡沒了聲響，陸尚那份羞愧才散去，他捏著眉心問：「妳說……我對妳極為厭惡？」

姜婉寧想點頭，頭點到一半，看著陸尚難看的表情，又生生停下，只低頭看著自己的腳尖，默默不語。

陸尚又問：「妳平日都是睡在哪裡的？」

姜婉寧看了看自己腳下，小聲說道：「要看你心情好壞的，你心情好時能睡在屋裡，只要離床遠些就好，有時候你看我不順眼了，趕去外面也是常有的。」

「外面?!」陸尚的音調又變了一次。「外面是哪裡？」

姜婉寧抬頭看了他一眼，小跑去到床邊，踮著腳尖推開窗戶，一指外面的古槐。「喏，就是那樹下。」

陸尚轉頭看去，只見那大樹正挨著圍牆，圍牆低矮，隨便一個高大點的男人都可以爬上去。

只稍稍看了一眼，陸尚的腦袋就更疼了。

他捋了捋這具身體的情況，忍不住在心裡罵了一聲「混帳」，等再看向姜婉寧時，眼中卻是多了一抹溫和。

「家裡可還有空房間？」他問道。

姜婉寧搖搖頭。

「沒有了。家裡只有六間房，奶奶一間，爹娘一間，二弟及弟妹一家一間，其餘兩個弟弟及兩個妹妹各占一間，剩下一間就是這裡了。」

陸尚記著，陸家一共十一口人，頭上長輩只有陸奶奶一個，然後便是陸老二和王翠蓮，往下一輩就是陸尚他們，兄弟姊妹共六人，只有二弟成了親，去年剛添了個女娃。

人口興旺，無奈家境一般，這麼一大家子全擠在一個院子裡。

幾間屋子裡只有陸奶奶那邊稍有空餘，但想到她對孫子的態度，若是把姜婉寧送去那邊住，很難保證陸奶奶不會產生其他想法。

思來想去，留她同住，竟是最好的選擇。

陸尚看了一眼天色，先問一句。「吃飯了嗎？」

姜婉寧搖頭，嘴上卻說：「我不餓。你餓了嗎？你想吃什麼？我去給你做飯。」

「不用。」陸尚趕緊制止，許是看出姜婉寧對他的畏懼，他儘量溫和地說：「不用管我，妳要是餓了就去吃，別為我耽擱。」

姜婉寧不說話了。

陸尚想了想，索性把後面的話一起說完。

「既然我醒了，那以後就改一下，這首先是妳睡覺的地方，從今天開始，妳就睡我旁邊，不要再去門口或者外面了。」

對於陸尚的提議，姜婉寧卻是心靜如水。

就在兩個月前，一模一樣的言語也曾出自陸尚的口中，那時她滿心歡喜，只以為是夫君待她有了兩分寬待。

可這份歡喜只持續了不足兩個時辰，現實就狠狠給了她一巴掌。

姜婉寧閉了閉眼睛，幾乎不願回想當時的場面——她被人驅到地上，指著鼻尖罵不知廉恥，床上的那人滿臉冷漠，三言兩語便將她指成妄圖靠爬床上位的女人。

或許在陸家人眼中，她只是一個身分卑微的罪臣之女，在陸家最大的用處，也只是叫陸尚好起來。

卻不知，往前數上兩年，她在京中也是無數人求娶的對象。

她自幼習得詩書琴畫，被養得驕而不矜，柔而不弱。

家族落敗沒什麼，在她看來，只要一家人還在一起，那就沒什麼熬不過去的。

可這一路走來，有太多太多的變故，以至當母親重病無醫時，她只能尋了個急求喜事沖喜的人家，三兩銀子把自己賤賣了出去。

她也曾想過自己或許會過不好，也多次忍受了婆母的苛待，可叫她如何都沒想到的是，本該與她相知相與的丈夫，也只會整日怨天尤人，冷眼看她備受搓磨，更甚至親自做那施虐者。

從那以後，姜婉寧不再抱有不切實際的幻想。

她不後悔救陸尚回來，也不會起什麼弄死他的念頭，至少在與家人重逢之前，她要好好活著。

而陸尚，便是她活下去的最大籌碼。

陸尚明顯感覺到姜婉寧的表情冷了下來，望向他的目光中添了幾分默然和抗拒，他把自己說過的話琢磨了半天，也沒覺出哪裡不妥來。

再一想，小孩子的性格最多變，何況還是個十幾歲的小姑娘，一會兒高興、一會兒不高興的，也沒什麼意外。
他招呼姜婉寧點上蠟燭，又把被褥抱到床上來。
姜婉寧隻字不發，全聽他的吩咐。
等一切都整理妥當了，她才說：「許大夫開的藥已經熬好了，放涼有兩個時辰了，我去把藥給你熱一熱。」
陸尚點了點頭，剛要說什麼，卻聽見兩人之間突然響起一陣「咕嚕」聲。
沈默倏忽蔓延。
陸尚遲疑著低頭，正待問上一句，就聽那熟悉的肚子叫聲再次響起。
他這回親眼看著，也仔細聽著，終於確定聲音是從姜婉寧身上發出的。
他忍不住笑了。
「不是說不餓？」
姜婉寧對他的調笑感到不適應，又少不得覺出兩分窘迫。
好在陸尚曉得小姑娘們的自尊，笑過一聲也就算了。
他原是想叫姜婉寧自己出去吃東西的，忽然想起原身對她的態度，一時不確定其餘人的想法。
略作思量後，他終究還是說：「妳扶我起來，我們出去吃點東西。」
他倒是想自己行動，但也不知是在棺材裡躺太久的緣故，還是這具身子太虛弱，他的四肢至今仍痠軟不振，能靠床頭坐起來已是不易。

倘若真叫他自己下床，陸尚敢保證，他剛踩到地面，就一定會摔趴下。

姜婉寧遲疑片刻。「你才剛好……能出去嗎？我可以給你端回來。」

陸尚說：「不用，我自己去看看。」

姜婉寧不知道有什麼好看的，但也不想跟他爭論，只好挽起袖口，上前扶他起身。

事實證明，陸尚還是高估了他倆。

光是讓他從床上離開，兩人就折騰了小半刻鐘時間，等他好不容易雙腳踩到地面，兩人皆已出了一身汗。

姜婉寧費力撐著他的身子，抬頭看一眼房門，更是一陣無語。

而陸尚也不比她好多少。

姜婉寧畢竟不同於專門照顧人的護理師，年紀小不說，又是他名義上的妻子，他雖叫她幫忙，卻也不好將全身力氣都搭在她身上，這就導致他要一邊藉著姜婉寧的力，一邊又要控制著收力，只在她身上靠一靠，更多的重心還是落在他那雙軟趴趴的腿上。

兩人走兩步就歇一歇，從床頭到門口，幾乎走了小半個時辰。

當房門被推開，殘陽照進屋裡的那刻，陸尚恍惚聽見了一聲嗚咽。

然而等他轉頭看去，姜婉寧除了皺著一張小臉外，並沒有其他異樣，還能喘著氣問一聲——

「直接去廚房嗎？」
陸尚沈默片刻，先問道：「廚房是在？」
姜婉寧雙手都占著，只能揚揚下巴。
「一直直走，最前面那個小屋就是。」
陸尚用眼丈量了一下距離，看著不遠，但考慮到剛才走的那一段距離，他可不敢逞強。
「要不……」
不等陸尚說完「叫叫人」，只聽側面「哎呀」一聲，隨後便是個男童的大聲喊叫響起——
「爹、娘，大哥出來了！」
陸尚聞聲望去，只見是個約莫八、九歲的小孩，頭上揪著個小髮髻，脖子上掛了個拇指大小的銀質長命鎖。
與此同時，姜婉寧在他身邊小聲說：「那是五弟陸光宗。」
陸光宗瞪著一雙大圓眼，看看陸尚，又看看姜婉寧。
天色偏暗的緣故，陸尚並沒能看清陸光宗臉上的表情，但很快地，就聽見陸光宗又大喊了一聲——
「爹娘快來！喪門星把大哥帶出來了，喪門星要把大哥給摔了！」
只聽裡屋噼哩啪啦一陣響，不光陸老二他們房裡，就連其他幾間屋裡的人也出來了。

陸尚並沒有去關注出來的人有誰，他只是黑著臉，嚴肅地看向陸光宗。「你剛才喊什麼？」

「啊？」

陸光宗不明所以，看向身後的陸老二和王翠蓮。

王翠蓮一驚一乍地走出來，剜了姜婉寧一眼，緊跟著就要往陸尚那邊湊。

哪想陸尚緊抓著之前的稱呼，無視一眾人打量的目光，直直地看向陸光宗。「陸光宗，出來！」

一聲厲喝，讓滿院子人都呆住了。

王翠蓮驚了一下。「這、這是怎麼了？光宗，你惹你大哥生氣了？」

她對陸尚雖然多有不忿，可陸尚畢竟是村裡難得的秀才，好與不好，遠不是她一個婦道人家能說道的。

就連在家裡，明明她給老陸家生了三男兩女，但五個孩子加起來，都不及一個陸尚重要。

即便她的孩子叫光宗、叫耀祖，可走在外面，整個村子的人都知道，陸尚才是光宗耀祖的那一個。

就像現在，她根本不知道發生了什麼事，可只要陸尚一生怒，她首先就要把態度擺出來。

王翠蓮深吸一口氣，轉頭就把陸光宗拽到跟前來，「啪」的一巴掌打在他後背上。
「你個混帳東西！你大哥生病還沒好，你就敢惹他生氣！我平時怎麼教你的你都忘了嗎？」
陸光宗被打得一愣，呆呆地看著他娘又要落下來的大掌。
就在這時，陸尚突然說：「等等！」他眉頭緊皺，聲音越發冷厲。「我還沒有說是什麼事，二娘動手太早了點。既然是我與陸光宗之間的問題，我自會與他解決。」
王翠蓮面容一僵。
「是、是……那陸尚你的意思是？」
陸尚沒應，再次叫道：「陸光宗，站出來。」
這一回，陸光宗不敢再猶豫，縮著肩膀站到中間。
陸尚指了指姜婉寧。「你剛剛叫她什麼？」
陸光宗越發覺得莫名，雖能看出陸尚生了怒，卻根本沒往別處想，到這時還傻乎乎地說：「喪、喪門星啊……」
「放肆！」
這一喝聲不僅嚇到了別人，就連姜婉寧都不禁一顫，仰頭看著他的側顏，完全摸不準他是什麼意思？
陸光宗的聲音裡帶了哭腔。「可是、可是大家都這麼叫的……大哥你之前不也這麼叫嗎？我、我又喊錯什麼了？」

此話一出，陸尚只覺太陽穴一鼓一鼓的。

他幾次吸氣呼氣，勉強將那口鬱氣壓回去，儘量保持平靜，可心底壓著怒，說出的話也添了幾分肅正。

「我不管之前如何，但不管怎麼說，阿寧也是我正式拜過堂的妻子，你們對她不敬，便是對我的不敬。更何況，這次我得以能僥倖活命，全因阿寧救了我。以前那些，也有我的不對，但從今往後——」他將院裡的所有人一一看過，明面上是說給陸光宗聽，但更是說給所有人聽。「這是你嫂嫂，你待我如何，待她就要如何，懂了？」

這番話推翻了陸光宗一貫以來的認知，他吶吶地不知如何回應。

還是王翠蓮先反應過來，她快步上前，按住陸光宗的腦袋就往下壓。「還不快點跟喪、跟你嫂嫂道歉！」

「對、對不起……」

直到被趕回屋子裡，陸光宗還是滿腦袋的疑問。

王翠蓮在他後面一邊推搡著，一邊大聲唸道：「那是你嫂嫂，記住了！下回可不能再喊錯了！」

陸光宗耷拉著腦袋，一路磕磕絆絆地走著。

可是等王翠蓮關門後，她卻是撇了撇嘴，滿臉的不屑。

「還嫂嫂呢，我呸！」

眼見陸光宗被打發回房裡，剩下的人這才三三兩兩地湊了過去。

陸老二和陸顯父子接替了姜婉寧的位置，問清他要去的地方後，兩人一左一右，徹底把陸尚架了起來。

兩個大男人的力氣，遠非姜婉寧能比的。

前不久還叫陸尚二人覺得遙遠的廚房，不過一眨眼就到了。

陸尚在前面被家人簇擁著，姜婉寧則獨自一人走在後面。

她面上第一次露出難以掩飾的恐懼，連帶手腳都在發寒，整個人宛若一根繃緊了的弦，一碰即斷。

上回陸尚對她表露出善意後，叫她遭了全家人的羞辱，所有人都知道，她是個不擇手段的輕浮女人。

那這回呢？

這次他在家人面前的維護，又是想到了什麼新把戲？

姜婉寧才告訴了自己，只要能好好活著，沒什麼不能忍的，可這才過了多久，她就不敢想往後了。

家裡的廚房說是做飯的地方，其實也兼顧了一家人吃飯。

屋子不大，最左邊是吃飯的桌椅，對面則是鍋灶、米缸等物，兩者中間放了幾個大木匣子，用來收納一些雜物，至於平日燒火做飯的柴薪等，就全堆在門口。

小小的一間房，卻是堆放得擠擠挨挨。

只要在屋裡一站，一眼就能將屋內所有盡收眼底。

陸尚無意深入，便叫人把他放在桌邊。

陸顯的媳婦馬氏問道：「大哥是餓了嗎？咱家的飯一貫用得早，不知大哥會醒，便沒有留著你的。大哥想吃點什麼？我這就去準備。」

陸尚不挑。「隨便做點就好，怎麼簡單怎麼弄，稍微清淡一點。」

馬氏爽快應下。

廚房太小，一下子進來這麼多人，實在是又擠又熱。

等灶臺那邊一點火，屋裡更是悶得喘不過氣來。

眼看陸尚的呼吸變重，陸老二真怕他挺不住，趕忙招呼一聲，叫沒事的人都出去，最後只留下他和陸顯夫妻倆。

陸老二緊張地問道：「尚兒你還行嗎？要不然我送你回去吧？」

陸尚說：「不用，不差這一會兒。」這會兒人散去了，他才發現姜婉寧沒有跟過來。

「阿寧呢？」這樣親切的稱呼只在最開始時有些不適應，多喊上幾遍，陸尚也就習慣了。

但陸尚習慣，並不代表其餘人也會習慣，就連陸老二這個極少與姜婉寧打交道的都感到不自然。

陸老二搓了搓黝黑乾瘦的手。「興許還在外頭，我給你把她叫進來。」

正說著，姜婉寧慢吞吞地走了進來，也不知是剛到，還是在外面等了一會兒。

陸尚沒有糾結這些小細節，抬手招呼。

「過來坐。」

姜婉寧搖搖頭。「我去幫忙做飯。」說完，她閃身繞了過去，低著頭走到馬氏身邊，挽起袖口，十分嫻熟地洗起菜來。

陸家男人沒有下廚的習慣，陸老二和陸顯就陪在陸尚身邊，但顯然，無論是異母兄弟還是親爹，跟陸尚都不親近，像這樣坐在一起，都很難找到話題。

最後還是陸尚開口打探道：「我聽阿寧說，今年的玉米剛種下，出苗可還好？」

如今是七月底，前段日子正是秋玉米播種的最晚時節。

據姜婉寧所說，陸家共有二十六畝田，正好在免除田稅的範圍內，每年家裡都會種小麥、玉米，兩種作物輪流種植，小麥收割後緊跟著就下玉米種子。

一年裡收穫的小麥和玉米，一部分留著當糧食，大部分則賣給鎮上的糧店，便是家裡的主要經濟來源了。

姜婉寧來陸家時間晚，並沒趕上今年的插秧播種，前些日子小麥成熟後，又遇上陸尚病重，她就留在家裡照顧病人加洗衣、燒飯，也沒能去田裡看一看。

因時間較短的緣故，陸尚只了解了一下陸家的情況，依照莊稼收種的情形勉強猜出地處北方，至於再深一點的朝代等，就沒什麼判斷依據了。

陸尚本想根據出苗率來猜一猜朝代的，哪想陸老二一擺手。「你不用操心這些，只管好好唸書，趕緊考個舉人回來！」

陸顯在旁應和。「是是，大哥你不用操心這些，家裡有錢，還能供你讀書。」

陸尚哭笑不得。「我不是這個意思，我——」

「可以吃飯了。」馬氏端著飯菜過來，打斷了陸尚的追問。

……行吧。陸尚想到這麼費勁出來的目的，嘆息一聲，放棄了探究。

雖然陸顯說家裡有錢，但那也只限於能吃飽飯而已，所謂供陸尚唸書的銀子，全是一口口省下來的，因此，也不能奢望餐桌上的飯菜有多奢華。

就像現在，唯一一顆水煮蛋，還是看在陸尚大病初癒的分上才有的。

剩下的就是一盤辣椒炒肉，翻遍盤子才能找出兩塊肉末，就算這樣，辣椒炒肉也只有淺淺一盤，看分量只夠陸尚一人吃。

家裡的其他人都吃過飯了，至於一起跟來的姜婉寧，她來家裡兩、三個月了，就沒有人把她當作家人，上桌吃飯那更無可能。

饅頭、辣椒炒肉、水煮蛋都擺在陸尚面前，他張口欲喊姜婉寧過來，抬頭卻見她仍在收拾灶臺。

想到旁人對她的態度，陸尚到嘴邊的招呼頓時止住。

他改口說：「謝謝弟妹。時間不早了，你們也去休息吧，我慢慢吃著，等吃完再找你們。」

陸老二父子倆正愁不知如何跟他相處，聞言如釋重負。

「那行，我們就先走了，這邊叫你媳婦照顧，等你要回房了再叫我們。」

陸尚點點頭，目送他們離去。

一直到廚房裡沒了旁人，陸尚才將注意力放回姜婉寧身上。

也不知她是故意還是怎的，從進來後就沒看過陸尚一眼，便是到了現在，她仍只顧低頭收拾著，全然沒有過來的打算。

陸尚喊道：「阿寧。」

姜婉寧擦拭的動作一頓，卻沒有回頭。

陸尚又說：「過來吃飯。」

這回，姜婉寧總算應聲了。

但她還是把最後一點收拾好，才去旁邊的櫥櫃裡翻找半天，最後總算找出半個已經乾硬的麩麥饅頭。

看著姜婉寧走過來，陸尚的一口氣還沒鬆，轉眼就瞧見她手裡捧著的東西。

「這是？」

「饅頭。」姜婉寧道。

許多年前，陸尚也曾實打實吃過苦的，在他過得最困難的那段日子裡，在街上跟狗搶食也都是常有的，麩麥饅頭雖然不好，但在貧困的古代人家，有得吃就不錯了。

叫陸尚不解的是……他指了指桌上的白麵饅頭。

「這不是有嗎？」

姜婉寧低著頭說：「那是你的。」

陸尚並不意外聽到這個回答。

「忘了我剛才在院裡說的話了？」

此話一出，姜婉寧的身子又是一僵，她強壓著聲音裡的顫意。

「不、不用了，我吃這個就好。」

可是下一刻，陸尚直接探身過去，伸手就把她手裡的麩麥饅頭搶了過來，順手把白麵的塞過去。

在某一瞬間，姜婉寧的呼吸都不順暢了，她死死抓著手裡的饅頭，根本不敢抬頭去看陸尚的表情。

陸尚忽然問：「妳在害怕什麼？」

在他對面的姜婉寧猛然抬頭。

陸尚這才發現，不知何時，小姑娘的眼睛已紅了一圈，她緊緊咬著下唇，面上全是驚懼。

陸尚終於肯定，他的感知並沒有錯，姜婉寧就是在害怕。

若說之前他叫人上床睡覺時，姜婉寧的反應還能說是小孩子鬧脾氣，但現在他總該意識到不對了。

四目相對，姜婉寧身子一顫，淚水蜿蜒而下。

陸尚並不是一個好耐性的人，像這樣才認識一、兩天的，換做之前，莫說是哭，便是死了也得不來他兩分關注。

可只要想到面前這小姑娘年紀輕輕就嫁給原身，且在家裡不受待見，還不知受了多少委屈，他就忍不住泛濫一些同情。

既然他繼承了這具身體，便多看顧一二吧！陸尚想著。

他將乾巴巴的饅頭放下，輕聲問道：「阿寧，妳在害怕什麼？剛才在屋裡妳也是在害怕，對嗎？跟我說說吧。」

姜婉寧根本不信他，可她已經太久沒有被這樣溫柔地對待過了，哪怕知道前方可能是陷阱，她還是忍不住一腳踩了進去。

她閉了閉眼睛，問：「陸尚，你這回又想做什麼？上次的折辱還不夠嗎？」

陸尚面上一白，終於意識到，他又忽略了什麼。

只看姜婉寧的面色，話題已經不該繼續下去了，但想到往後的日子還長，陸尚總不能時時刻刻注意，因此他狠下心問：「上次什麼？」

「上次你叫我上床，轉頭卻跟所有人說，是我自己半夜偷爬上去的，說我就是故意爬床，妄圖借子上位。」

哪怕他們已經成親，但這些話對任何一個女孩來講，都是莫大的屈辱。

陸尚總算明白，他之前自以為是的示好，聽在姜婉寧耳中，全是一個個不知何時會爆開的炸彈。

他忍不住扶額，有心想說什麼，可對上姜婉寧那雙絕望的眼睛，第一次感受到言語的蒼白。

半晌後，他有了動作。

他將桌上唯一一枚雞蛋剝開，放回碗中，緩緩推到姜婉寧面前。

迎著姜婉寧不解的目光，他說：「阿寧，我們和好吧。」

或許他無法將一個只有十幾歲的小姑娘看作女人，但當成養一個妹妹，還是可以做到的。

陸尚有心提和離，但是不知姜婉寧的想法，也不知這個時代對女子的束縛有多重，因此眼下最好的做法，就只能維持原狀。

到最後，姜婉寧也沒說好或不好，但在陸尚的哄勸下，心驚膽戰地吃了半個雞蛋。

陸尚胃口一般，只稍微吃兩口就吃不下了，剩下的饅頭和炒菜全餵給了姜婉寧。

至於她最開始找來的麩麥饅頭，早被丟在一角，全程無人問津。

飯菜或許稱不上好，但對姜婉寧來講，已經是她這半年來吃得最好的一頓了。

飯後沒多久，陸尚就被送回了房間。

折騰了大半天，天色已經徹底暗下來，村裡各家各戶皆熄了燈，準備進入夢鄉。

而陸尚屋裡則重新點起蠟燭，兩人正面對著下一個問題——

一張床，如何睡下兩個人？兩個自成婚後，從未一起共枕的人。

在大多數人家，夫妻就寢時都是夫內妻外的，這是為了方便丈夫起夜時，妻子能感知到，並醒來服侍一二。

就連姜婉寧自小受到的教育裡，也是這樣的。

可真到了就寢時，陸尚卻不肯叫她睡在外面。

他指著床鋪，忍不住搖頭。

「太小了、太小了，我夜裡睡覺不老實，萬一碰到了妳，把妳推下床就不好了。妳且睡在裡面吧，靠著牆，最多是擠點，至少不會掉下去。等過些日子我想法子砌個炕，到時就好了。」不等姜婉寧再拒絕，陸尚已經將裡側的位置讓開，他拍了拍裡面，面上終露出兩分疲憊。「睡吧。」

姜婉寧沈默良久，最終也沒再爭論什麼，她默默褪去外衫，脫去鞋襪，先將屋裡的蠟燭熄滅，而後才踩上床沿。

她動作輕緩地從陸尚腿上爬過去，因時時小心，就連衣袖都沒蹭到他。

一直到身下的被褥一動，陸尚才知道她已經躺下了。

陸尚閉著眼睛，在頭頂摸索半天，終於拽出一個軟枕來。他把軟枕放在兩人中間，叫那本就不大的床鋪更是擁擠了兩分。

「我將枕頭放在中間，等哪日妳覺得適應了，再將它撤下去，可好？」

老實說，這個做法頓時叫姜婉寧安了心。

她輕輕吐出一口氣，半天才道一聲。「好。」

陸尚嫌床太小，還真不是他挑剔，這張床他睡了多年，大小長短從來就沒變過。長大後，他又是整日病殃殃的，誰也沒想過他會娶妻生子，自然也沒想著幫他換張雙人大床。

本該睡一人的床上躺了兩個人，兩人中間又偏要隔出一塊空隙來，自是少不得狹小。

黑暗中，姜婉寧小心地翻了個身，側躺著以免占更多位置，但凡身上有哪裡會碰到中間的枕頭，她就會再往牆邊縮一縮。

到最後，她完全是貼到牆面上，同陸尚之間的空隙足以再躺下一個她。

陸尚聽著耳邊的窸窸窣窣聲，本想寬慰兩句的，只是想著想著，睡意便將他籠罩了，大片的黑暗襲來，他終抵不住睏意，緩緩睡了過去。

在他之後，沒過多久，姜婉寧也合上了雙目，雙手規矩地搭在小腹上，睡顏恬靜。

陸尚在外頭走了一趟，當時瞧著精神還好，哪想到了半夜，突然發起燒來。

姜婉寧睡得正沈，突然覺得被人推了推，她猛地驚醒，藉著從窗子裡透進來的月光，隱約看見了頭頂的一雙手！

一瞬間，她的魂兒險些被嚇飛出去。

直到耳邊傳來陸尚嘶啞的聲音——

「抱歉，吵醒妳了……我實在沒有力氣了，只能叫醒妳。能幫我倒點水嗎？」

「好、好……」

姜婉寧喏喏地應著，起身就要走。

她大概是睡懵了，尚以為自己還睡在地上，完全忘了身邊還有一個人，以至於她手欲撐地，卻一掌按在了陸尚腰上。

細肉被壓在掌下叫陸尚登時倒吸一口涼氣，一時間竟比不出到底是頭在疼，還是腰肉更疼一點。

「對不起、對不起！」

姜婉寧一個激靈，忙將手縮回來。她瞪大眼睛，試圖看清陸尚的表情，但是屋裡的光線太弱，她只能勉強看清人形。

陸尚催促了一聲。「沒事，點上蠟燭給我倒點水吧。妳小心些，別磕碰了。」

不用他說，姜婉寧也會打起一萬個精神。

直到蠟燭被點燃，屋內的一切才重新清晰起來。

只見陸尚虛弱地躺在床上，一手搭在眼前遮擋光亮，另一隻手扶在側腰上，也不知他燒了多久，半張臉都是通紅的，額角還落著汗珠。

陸家村依山傍水，哪怕是在盛夏，到了夜裡也算清涼。

但發著高熱的陸尚只覺整個人都被火烤著，搭在他身上的薄被早就被踢到地上，寢衣也被掀開大半，一直捲到胸口。

兩日下來，他身上的青紅斑點已經散得差不多了，露出的肌膚呈現著不正常的蒼白。

姜婉寧只看了一眼，就忙不迭地移開了目光。她緊了緊掌心，試圖將殘留在上面的滾燙觸感忽略掉。

「屋裡沒有熱水了，我現在就、就去燒水，你等等……」

「不用。」陸尚拒絕。「不要熱水，就要涼的，越涼越好。我記得院裡是不是有口井？井裡有水嗎？」

「有是有……」姜婉寧有些不贊同。「但井水很涼，大夫不叫你直接喝生水。」

「我不喝。」陸尚的聲音越發輕了。「好阿寧，幫我打一點井水來吧，我想擦擦身子。妳要是不方便，就幫我把爹叫醒，辛苦妳了。」

看他堅持，姜婉寧只好順從。

她先倒了半杯涼水，撐著陸尚坐起來，餵了大半給他，等他嘴巴沒那麼乾渴了，才把他放回去。

「我現在就去打水。」

陸尚雖需要姜婉寧幫忙，卻還是有些擔心，因此強撐著精神叮囑道：「天黑小心，帶上蠟燭，要是水桶太重，妳就慢慢來，千萬別落進井裡。」

這話惹得姜婉寧側目，雖不知什麼人打個水可以把自己落進井裡，但看在陸尚難受的分上，她也沒辯駁什麼。

她又取了一支蠟燭，抱著水盆，推門走去院裡。

好在姜婉寧之前也在井中打過水，速度雖慢了點，至少不會出意外。

等她端著冷水回去，陸尚方收回盯著門口的目光。

姜婉寧找了塊方帕，用冰冷的井水浸透後，依照陸尚的指點，把方帕摺了三摺，再放在他額頭上。

當感受到井水的清涼後，陸尚長舒一口氣，只覺整個人都活過來。

至於他所擔心的男女授受不親，在病前卻沒那麼重要了。

姜婉寧雖是第一次親手照料陸尚，但她之前也看過許多遍，輪到自己上手，最多是有幾分生疏，多試上兩遍也就熟練了。

陸尚翻過身，只叫她擦拭四肢和後背，不用臉對臉，也能免去幾分不自在。

「妳稍微擦一擦就歇吧，等會兒我自己來……」

陸尚嘀咕一聲，上下眼皮瘋狂打架。

姜婉寧手腕微頓，剛想應就聽床上傳來平穩的呼吸聲，側目一看，陸尚已然睡著了。

她抿了抿唇，將已經失了涼意的方帕丟回盆裡，再碰井水，同樣沒有之前那麼清涼了。

她遲疑片刻，卻是端起盆，捏著蠟燭再次走去井邊。

之後的半個晚上，姜婉寧始終待在床邊，只要一發現陸尚背上搭著的方帕溫熱了，就趕緊換下一片，連帶盆裡的井水也換了七、八次。

實在睏極了，她就用手支一支下巴，當腦袋從手背上滑落，人也會一同驚醒。

直到屋外響起第一聲雞鳴，朝陽自東方升起。

姜婉寧探了探陸尚的額頭，手下的溫熱總算降了下去。

轉頭看一眼水盆，裡面已經壓了四、五塊方帕，全是這一晚上她來回替換的。

她實在提不起精神去收拾，只把陸尚背上的方帕一起丟進盆裡，忍不住趴在了床邊。

村裡人睡得早，醒得也早，不等天光大亮，大多數人都已起床。

陸尚睡眠淺，聲音一雜，很快就醒了過來。

他動了動高熱後痠脹的肢體，一扭頭，正好瞧見趴在床邊睡著了的姜婉寧。

他眼中閃過一絲錯愕，但這份錯愕在看見旁邊的水盆後，一切都有了答案。

難怪他昨天後半夜睡得那樣舒服，沒了惱人的高燒，也沒了夏日的悶燥，全是姜婉寧辛苦一夜的結果。

陸尚心尖一動，只覺一股暖流淌過。

趴在床邊睡，總沒有躺在床上舒服。

陸尚不知道姜婉寧是什麼時候睡下的，又不願打擾她休息，正在叫醒她與不叫醒她之間糾結時，卻聽門口傳來「砰砰」的砸門聲。

下一刻，便是王翠蓮那尖細的嗓音傳來——

「都幾點了還不起來做飯！懶婆娘，妳是想餓死我們嗎？」

聲音剛一響起，姜婉寧就瞬間驚醒了。

她一抬頭就撞進了陸尚那雙漆黑的眸子裡，不知是不是錯覺，她恍惚看見了一絲柔意。

然而門外的咒罵很快將她拉回現實，姜婉寧下意識起身，捏了捏衣裳下襬，轉頭就要去開門。

哪想不等她走動，陸尚忽然拽住了她的手腕。

「不用去。」

「啊？」

「不用給她開門，我去。」說完，陸尚撐著床鋪，緩慢而堅定地坐了起來。經過一晚的休息，他的雙腿已經不如之前那樣無力，只要能扶點支撐物，還是可以慢慢走的。眼見姜婉寧要幫忙，他再次拒絕。「妳回床上睡一會兒，我出去就好。」

話雖如此，姜婉寧也不敢真叫他一人去面對王翠蓮。

看著陸尚在前面慢吞吞地走著，她便跟在後面，雙手虛抬，時刻準備著扶他一把。

好在從床到門口這一路，陸尚走得雖慢，步子卻極穩。

門外的咒罵自是也不曾停過。

當房門被打開的那一瞬，漫天的唾沫星子全噴在陸尚臉上。

只消瞬間，陸尚的臉就全黑了。

看清開門的人是誰後，王翠蓮脖子一縮，總算不再放聲咒罵了。

她訕笑兩聲，踮著腳想看看屋裡頭。

「你、你醒了？我是來找姜婉寧的，這都什麼時辰了，還不見她出來幹活！咱家雖是和善人家，卻也不養閒人，姜婉寧最近也太不像話了！」

陸尚實在不理解，王翠蓮是如何說出這話還不臉紅的。

他站在房門口，不光擋了姜婉寧的去路，同時也阻了王翠蓮的打探。

陸尚只當沒聽見，淡淡地問：「家裡那麼多人，有什麼活兒非要阿寧去幹？」

說起這個，王翠蓮就來了精神。

「我可不是故意來找碴的！老太太念著你大病初癒，正是需要補身子的時候，所以掏了棺材本，大清早就出去買雞了！你那媳婦慣會躲懶，也就廚藝還拿得出手，家裡難得吃隻雞，可不得叫她好好做一頓？」

陸尚皺了皺眉，忽略後面的一大堆話，反問道：「棺材本買雞？」

「那可不？要不是老太太掏棺材本，咱家吃得起雞？也就陸尚你有這待遇，能叫老太太心甘情願地掏錢了，咱們這一大家子啊，全是沾著你的光哩！」

王翠蓮怪聲怪調地說著，嘴上說著沾光，那眼刀子卻是一橫一橫的。

陸尚沒理會她的陰陽怪氣，只心下一沈，重新審視起這個家的經濟狀況來。

王翠蓮一心想著把人帶走，燒火、做飯是一回事，家裡的髒衣裳也攢了兩大盆了！往常這些家務都是她和馬氏做的，後來買來了姜婉寧，有了能支使壓迫的人，王翠蓮當然不願意再沾手。

沒承想無論她說什麼，陸尚都咬死了不放人。

說急了，陸尚不禁冷言問：「阿寧還要照顧我，二娘把她叫走了，是要留我一人待著嗎？昨天晚上我剛發了高熱，多虧阿寧發現得及時，不眠不休地照顧了我一夜，清早才恢復些許的。二娘把阿寧叫走，萬一我又有個頭疼腦熱，再加上叫人不及，二娘難道是想再給我奔一次喪嗎？」這話說得實在是重，話一出口，就見王翠蓮變了臉色。

「不、不願意就算了，我不叫她就是！」

王翠蓮拉著一張臉，轉身將走，卻聽陸尚在背後說道——

「二娘先回吧，不就是做飯？晚些時候我們自然會去。」

「喔！」王翠蓮走得怒氣沖沖，並未注意到陸尚言語中的微妙。

第三章

送走了王翠蓮，陸尚反手就把門關上。

他看了姜婉寧一眼，慢吞吞地走到桌邊坐下，先給自己倒了杯水，然後說：「去睡吧，我守著妳。」

姜婉寧張了張嘴，但實在耐不住眼中的睏倦，遲疑良久後，終是點了點頭。

「……好。」

她慢慢退回床上，時不時往陸尚那邊看上一眼，只是她幾次觀察，始終不見陸尚抬頭，直到她躺下，也沒能與他對視上一回。

姜婉寧心中仍是忐忑，遂緊緊貼在牆上，要不是雙眼實在支撐不住，她仍要盯著陸尚，就怕他改變主意，她也好趕快下床。

就在她睡下沒多久，陸尚就搬著板凳去了院裡。

他找了個庇蔭的地方，抱著一杯水，看似走神，實際上一直注意著他房裡。

家裡要是有人在吵鬧，很快就能得到他的凝視。

陸尚笑得溫和，說出的話卻不容拒絕。

「阿寧在補覺，小聲一點，嗯？」

被那雙狹長的眸子盯著，發出聲響的人不禁身體一顫，慌慌張張地跑回屋裡，只從窗子裡探出一個腦袋，鬼鬼祟祟地看向外面。

陸尚知道有人在看他，卻是根本不在意，甚至在陸光宗經過時，還把對方叫住。「光宗來，給大哥添杯水。」

陸光宗昨天剛因他而挨了打，可怕跟他說話了，聞言撒蹄就跑，直接去屋裡把水壺拎了出來，往地上一放後，索性就從家裡逃了出去。

陸尚笑個不停，悠哉地抱起水壺，把那小小一盞杯子擱在腳下。

有陸尚坐鎮在外，家裡的幾個小輩哪裡還敢跑鬧？

等王翠蓮洗完衣裳回來，差點以為家裡沒了人。

「光——」

「二娘回來了。」

槐樹下傳來的聲音嚇了她一跳，回頭看清人，王翠蓮更加迷惑了。

不等兩人寒暄，只見院門口又有人進來，這次是陸奶奶，身後揹著個背簍，雖看不見裡面的東西，卻能聽見公雞咯咯噠的聲音。

陸奶奶一進來，第一眼就瞧見了陸尚，那張滿是褶皺的臉一下子就舒展開了。

「尚兒怎麼在院裡啊？快來看奶奶給你買了什麼好東西？咱今兒中午啊，就燉大公雞！」一邊說著，她作勢要把背簍摘下。

早在她進來的時候，陸尚就站了起來，此時迎上去幫忙摘下背簍，掀開蓋子看了一眼，很捧場地說道：「這麼好，我可是想吃肉想好久了！奶奶這是去哪兒買的？路上辛苦了。」

「哎喲不辛苦、不辛苦，尚兒喜歡就好！」能討得陸尚歡心，陸奶奶高興還來不及。她只是心疼，家裡條件有限，不能給大孫子更多更好的。「婉寧呢？家裡就她廚藝最好，難得有個葷腥，快叫她給大夥兒露一手。尚兒你想怎麼吃？奶奶這就去找婉寧說。」

陸尚仍然笑著，卻挽著陸奶奶的手，婉言拒絕。

「奶奶不知道，昨晚我生病，阿寧照顧了我一夜，早晨看她眼睛都熬紅了，這不，我叫她好好睡上一覺，這樣等晚上若再有個意外的，她才能有精神。」

「啊？生病？」陸奶奶頓時緊張起來。「又怎麼了？厲害嗎？」

陸尚說：「不嚴重，多虧阿寧照顧，如今已經好了。」

陸奶奶心有餘悸。「你說得對，婉寧是該好好休息！這只有白天休息好了，晚上才能照顧你！一頓飯而已，叫翠蓮做也一樣。」

王翠蓮站在一邊，指了指自己的鼻子。

「我？」

陸尚說：「用不著二娘，奶奶都說了，家裡難得有個葷腥，總要把肉做好了，這才不辜負奶奶的一番心意。」

「可是……」陸奶奶遲疑了下。「我和馬氏的手藝還不如你二娘。」

陸尚但笑不語，牽著陸奶奶的手，一路將她帶去廚房。
「奶奶知道家裡的殺雞刀在哪兒嗎？」
陸奶奶點頭，從櫥櫃裡將刀拿出來。
她原是不知道陸尚要刀的目的，直到陸尚一刀砍斷公雞的脖子，又親自去端了剛燒開的熱水，陸奶奶才忽然反應過來。
「尚兒你不會要做飯吧?!」
陸尚笑咪咪地點頭。「正是。」
「那可不行！」陸奶奶一個激靈，張口便是拒絕。「尚兒，你聽奶奶說，不是奶奶捨不得一隻雞，只是你身子還沒好索利，不適合廚房這種地方。再說了，你不是常說君子什麼廚房的，這尋常男人都不下廚，何況是你這種讀書人？尚兒，你把刀給奶奶，剩下的奶奶來，聽話啊！」
在老人眼裡，男人不下廚是一方面，另一方面，她也確實不相信陸尚。
好歹是她咬著牙買回來的雞，總不能一口肉都吃不到，全用來討大孫子歡心吧？
並非她看不起陸尚，可自從陸尚出生以來，那是養得比黃花大閨女還精細，莫說燒火、做飯，就是最簡單的洗菜、刷碗，也從沒叫他碰過。
莫說陸尚還是讀書人，就是村裡的普通人家，也少有男人幹家務的。
陸尚嘴上應著，卻根本沒有把刀放下的意思。

他擔心爭搶間被刀傷到，索性按住了陸奶奶的肩膀，彎腰看著陸奶奶的眼睛。「奶奶，咱家今天這飯，還真就只能給我做。」

陸尚身在高位多年，真有心想做點什麼，絕不是一、兩人能勸得動的。

陸奶奶阻攔不得，只好退一步。

「那那、那奶奶在旁邊看著行不？」

這樣等雞肉做壞了，她沒準還能搶救一二。

六十文錢買來的大公雞，就這麼沒了……

「可以。」陸尚說。

陸奶奶長嘆一聲，忍不住唸起姜婉寧的好。「……這要是婉寧在，肯定就沒事了。」

她聲音壓得很低，完全是嘀咕給自己聽的。

陸尚耳聰目明，聽見這話也不反駁，勾唇笑笑，等著用事實說話。

於是，陸奶奶很快就看見，她那從未碰過廚灶的大孫子動作麻利地清乾雞毛，再唰唰幾刀，將整隻雞切成小塊，然後一股腦兒地倒進鐵鍋裡。

陸奶奶欲言又止，想說這樣煮出的雞肉又腥又柴，但看大孫子興致高漲，最終也沒說出什麼。

但很快地，陸奶奶就徹底說不出話了。

陸尚在發跡之前，曾在酒店後廚打過兩年零工，也跟著大廚學過一段時間的廚藝。

他做飯的手藝或許比不上經驗豐富的廚師，但在這古代，怎麼也能被人稱一聲「陸大廚」。

家裡的香料有限，他也沒想要出多少新意，只管將各類香料混在一起，用醬油等來回翻炒，做出一大碗滷料。

等鍋裡的雞肉煮開，他將雞肉撈出，試了試熟度後，放到滷料中繼續悶煮。

陸尚擦了擦額頭上的汗水，扭頭問：「奶奶，家裡有菜嗎？」

「什、什麼菜？」

「隨便什麼菜，要是有蘿蔔、馬鈴薯什麼的就更好了。」

陸奶奶聽得一頭霧水。「馬什麼？」

陸尚一愣。

正這時，門口傳來第三人的聲音——

「沒有蘿蔔跟馬鈴薯，但有黃瓜和甜菜，還有一小盆菌子。」

扭頭一看，正是姜婉寧。

陸尚拋去腦中的疑惑，笑問一句。「睡好了？」

姜婉寧臉上有點紅。「嗯。」她走進去，沒有大驚小怪陸尚怎麼會下廚，而是去角落裡把存放的蔬菜找了出來，然後問道：「剩下的我來？」

這一次，陸尚沒有再說不，他老實讓出了灶臺前的位置。「那敢情好，奶奶一直說妳做飯最好吃。」
姜婉寧不吭聲，默默挽起了袖口。
就在她準備清洗蔬菜的時候，陸尚跨步走了過來。
「我來洗菜。鍋裡滷了雞肉，等快好的時候把菜加進去就行了。我只做了雞，妳看看還要不要添些別的。」
「那再炒兩個素菜？饅頭是不是也要熱上？」
「妳看著來。」
「那就炒三道素菜吧，家裡人多，我怕兩道菜不夠。」
兩人一問一答，很快決定了今天的吃食。
陸奶奶站在門口，只覺自從姜婉寧進來後，她整個人都被排除在外，與偌大一個廚房格格不入。
可是看著對面有默契的小夫妻倆，她又實在說不出不好。
片刻後，陸奶奶從廚房裡退出去，聽著身後傳來的細聲商量，眼尾的皺紋更深了。
「哎，這樣也挺好的。」
晌午時分，田裡幹活的男人們回來了。
在聽說了今天的午飯是由陸尚動手後，全家人都覺得大事不妙。

就連陸老二都緊緊皺著眉頭。「簡直是胡鬧！」
王翠蓮在一旁上眼藥。
「可不是胡鬧？就算這是老太太自己掏錢寵孫子，可老太太攢下的這些錢，就沒有家裡的功勞嗎？我也不是說給陸尚買雞補身子不好，可叫他自己做，這不純屬糟踐東西嘛！」眼看陸老二的臉色越來越黑，王翠蓮又是話音一轉。「要我說，陸尚這事做得不對，可他那媳婦更是不對！」
陸老二看過去。「他媳婦又怎麼了？」
王翠蓮一拍大腿。「當家的，你是不知道啊！那小浪蹄子仗著救了陸尚一回，可是越來越放肆了，今兒更是賴床賴到晌午！」
要是叫王翠蓮挑姜婉寧的毛病，那可真是說上一天一夜都說不完。
陸老二雖然知道王翠蓮會誇大，但老話說得好，蒼蠅不叮沒縫的蛋，王翠蓮再誇張，總不會空穴來風。
陸老二說：「那妳不會多說說她嗎？妳這做婆婆的，教訓兒媳可不是天經地義？」
「這話說的，我倒是想教訓兩句，你可是沒看見，陸尚護她跟護眼珠子似的，也不知道他——」
「叨叨什麼呢！」
不知何時，陸奶奶出現在兩人身邊，直接打斷了王翠蓮的搬弄。

「娘。」陸老二叫了一聲，注意力瞬間從王翠蓮身上挪開了，他順口問了句。「我聽翠蓮說，姜氏中午才起來？」

「是啊，怎麼了？」陸奶奶故作不解。「我聽尚兒說了……」她將陸尚重複了好幾遍的前因後果又講了一遍，最後還要說：「尚兒說得對，多虧了婉寧，要不是她守著，這發熱一晚上，還不知道會發生什麼事呢！」

陸奶奶的這番解釋，叫陸老二的臉色好看了不少。

王翠蓮會搬弄是非，陸奶奶當然也會說道，她斜了對方一眼，拉長語調說：「想當年翠蓮進門時，說了多少次會對尚兒好，這果然不是親生的，總有疏漏的時候啊！」

王翠蓮臉色一變。

「娘您說什麼呢！」

陸奶奶扯了扯嘴角，扭頭便說：「行了行了，不說這些有的沒的了。尚兒和婉寧在裡面做飯，咱也給搭把手。今兒天熱，咱把桌子搬到外頭來吃。」

「行，我洗把手，這就來！」說完，陸老二又招呼一聲，叫上陸顯，直接去了井邊洗手。

依照家裡人的想法，交給陸尚打理的那隻雞能入嘴就是萬幸，已經無所謂好吃不好吃了。

然而等他們過去搬桌子時，沒等走進廚房，已經先聞到了一股濃郁的醬香。

陸奶奶動了動鼻子。「這味道……好像是尚兒炒的那一鍋料？」

幾人對視一眼，仍舊不相信這是陸尚做得出來的味道。

正當幾人徘徊不前時，陸尚正好從廚房裡走了出來，他懷裡抱了一個大瓷缸，瓷缸裡已經塞滿了剛出鍋的滷肉、滷菜。

看見守在門口的這些人，他也不客氣，當即就喊：「爹你幫我搬一下，太熱了！」

「啊？喔喔，這就來！」

陸老二回過神，剛想上前幫忙，陸顯已經先有了動作。

陸尚無所謂誰來幫忙，把手裡的燙手瓷缸交出去後，他轉身就要回去。

陸老二趕緊問一聲。「還有要幫忙的嗎？」

陸尚當即停下腳步，想了想，道：「沒什麼了，只剩下端菜、盛飯了。我跟阿寧也忙了半天，實在熱得不行，正好二娘來了，那剩下的……」

「叫你二娘去！」陸老二當即拍板。

陸尚笑了，甩了甩手上的水珠，嘴上客氣著，腳下卻是麻利。「那敢情好，剩下的就辛苦二娘了。」一邊說著，他幾步走回廚房裡，拽了拽姜婉寧的衣角，歪了歪頭。「走，剩下的不弄了，先出去涼快會兒。」

姜婉寧抬頭，額角的汗珠頓時順著鬢角流了下來，再看她的衣衫，也早被汗水浸透，濕乎乎地黏在身上。

她知道自己在這個家的倚仗，對陸尚的話少有反駁，她掃視了一圈灶臺，看沒什麼遺落了，很快點頭應下。

隨著王翠蓮進來，兩人是一刻也不多留，隨便打了聲招呼就趕緊出去。

從王翠蓮身邊經過時，陸尚清楚看見她面上的鐵青，想到她對姜婉寧的諸多苛刻，他竭力忍住，才沒有當場笑出聲。

出去後，陸尚也沒有多留的打算，而是帶著姜婉寧回房間，喝口水、換件衣裳。

一直等廚房那邊都準備好了，馬氏過來叫人吃飯了，兩人才先後出來。

託了陸尚的福，姜婉寧難得有了一次不用盛飯、端菜，只坐在桌邊等吃的待遇。

陸尚滷了雞肉和菜，雖然滷煮的時間短，但他調料加得足，無論肉或菜都入了味。

剛剛王翠蓮收拾時，瞧見已經空了的香料罐子，差點心疼死。

要不是這道滷肉實在是香，她怕是當場就要鬧起來了。

除了雞肉和滷菜外，姜婉寧又炒了三個素菜，都是家裡常見的菜色，菜裡添一點豬油，味道不比葷菜差。

念著陸老二他們下午還要去田裡，姜婉寧還多煮了幾碗解暑湯，把湯裝在罐子裡，然後送去井中冰鎮一個時辰，無論解渴還是消暑，都是絕佳的飲品。

滷肉和滷菜被分裝在盤子裡，和素菜一起，將餐桌擺得滿滿當當的。

等陸尚他們過來時，幾個年紀小些的已經圍在桌邊，接連擦了好幾次口水。

陸家兄妹六人，陸尚行一，是陸老二的前妻留下的，在陸尚出生後沒多久，她便因病去世。

陸尚四歲那年，陸老二娶了王翠蓮做續弦，然後生了陸顯，又生了陸曉曉和陸秋兩姊妹，前幾年又添了陸光宗和陸耀祖。

陸曉曉和陸秋只差了一歲，一個十四，一個十三，這兩年已經在張羅著說婆家。

陸光宗和陸耀祖差了兩歲，陸光宗剛滿九歲，陸耀祖就更小了，整日在村裡跑來跑去，正是貓狗都嫌的年紀。

陸顯家的小姑娘剛斷了奶，被馬氏抱在懷裡，咿咿呀呀說個不停。

陸光宗和陸耀祖湊在一起，兩雙眼睛始終黏在雞肉上，口水滴滴答答的，被陸尚嫌棄地拍了一巴掌。

「擦擦你倆的口水！」

陸光宗被嚇了一跳，看清來人後，趕緊叫了聲「大哥」，等看見他旁邊的姜婉寧，遲疑片刻後，又小聲地喊了句。「大嫂。」

這話引來陸尚側目，迎著陸光宗畏縮的目光，他不吝誇讚。「不錯，懂禮貌了！」說著，陸尚率先動了筷子，挾了一隻雞爪給他。

這番舉動叫其餘幾人的眼睛一下子就亮了。

陸耀祖不甘落後，大聲喊道：「大哥、大嫂！」

聲音之大，叫王翠蓮差點摔了盤子。「吵嚷什麼呢！」

幾個小的才不理，連著喊了好幾聲「大哥、大嫂」，把陸尚哄得滿臉笑，一人挾了一塊肉。

等這群小的捏著肉跑開了，他才想起去看姜婉寧的臉色，這一回頭，只見小姑娘雙頰赤紅，也不知是羞的還是怎地，連眼尾都帶上赤色。

陸尚到了嘴邊的話一下子沒了，他吶吶半天，也只吐出一個字。「坐。」

家裡的餐桌小，無法一次坐下十幾個人，好在孩子多，一人端著個碗，在大人中間插著站就好。

往常姜婉寧是沒有資格上桌的，但經過這兩日陸尚的維護，也沒人會不長眼地叫她下桌，此刻她便坐在陸尚身邊，抱著自己的碗，埋頭只吃眼前的東西。

陸奶奶作主，把兩隻雞腿都挾到了陸尚碗裡，其餘人再眼熱，也習慣如此了，不會張口去爭去搶。

眾目睽睽之下，陸尚卻把雞腿又挾了出去，一隻給姜婉寧，一隻給了陸奶奶。

陸奶奶一愣。

陸尚按住了她要挾回來的手。

「奶奶您吃，我不愛吃雞腿。」

「什麼不愛吃雞腿，有誰不愛吃雞腿啊？你明明最喜歡吃雞腿的！」陸奶奶不信。

陸尚忍住笑。

「奶奶別讓了，還有那麼多肉呢，我不差這兩口吃。再說了，這雞是您買回來的，最好吃的合該給您，您要是再讓，我可就一口都不吃了。」

威脅一出，陸奶奶再不願，也不好繼續推讓了。

她小心地咬了一口，精心調製的滷料讓人滿口留香，比其他部位更香更嫩的雞腿肉，更是叫她回味不已。

陸奶奶到底不忍自己吃，招一招手，把幾個小孩全喊來身邊，一人一口分出去，正好把整隻雞腿瓜分乾淨。

陸尚瞧見了，卻也沒再阻止。

他轉過頭，看著呆愣住的姜婉寧，促狹地笑了一聲。

「妳不會還要我勸吧？」

姜婉寧指尖一顫，忙將腦袋埋進碗裡。

有了他這份明目張膽的偏愛，其餘人便是看不過眼，也不敢叫姜婉寧把她碗裡的雞腿挾出來，只是看著她一口又一口的，少不得看紅了眼。

一頓午飯下來，一家人吃得比過年還滿足，尤其是陸尚做的那份滷菜，到最後連湯汁都沒剩下。

唯獨對於陸尚下廚這件事，他們仍然不贊同，原因是「誰家男人會守著灶臺轉」！

對此，陸尚只是笑笑，不反駁，卻也不認可。

吃飽喝足了，王翠蓮和馬氏開始收拾碗筷，姜婉寧剛想去幫忙，卻被陸尚拽住。

她小幅度掙了掙，沒能掙開，只好坐在原處。

而陸老二他們喝完解暑湯後，咂巴咂巴嘴，忍不住問道：「尚兒啊，眼看你也恢復得差不多了，趁著你身子好了些，你看是不是該去學堂了？」

陸尚望過去，沈默片刻後，試探著問：「我要是說……我不想科考了呢？」

啪！

震驚之下，陸老二失手打翻了桌上的碗，碗渣濺到他腳上都沒能叫他動容。

對於陸尚想放棄科考的決定，家裡的十幾口，除了沒甚話語權的姜婉寧及尚不能開口說話的小女嬰外，其餘人皆是強烈反對。

就連陸光宗、陸耀祖兩個小的，都會扒著桌子，像模像樣地說一句「唸書好」。

考慮到原身的秀才身，陸尚不好在這上面太過堅持，且每當他開口說一句，其餘人總能反駁個一百句。

陸奶奶對孫兒一向尊重，但在這事上也沒了縱容，她倒不會說教，但光是嘆嘆氣、抹抹淚，就足夠叫陸尚一個頭兩個大了。

最後，這場爭端以陸尚的發病作為告終。

他咳得臉紅脖子粗，捂著胸口，掐著喉嚨，彷彿隨時會斷氣似的。

「快快快！快去請大夫！」

「不、咳咳咳……不用……」

一陣兵荒馬亂之下，陸尚被揹回房間，王翠蓮和馬氏去煮藥，陸顯和陸老二則守在門口，探頭探腦地看著裡面，看姜婉寧和陸奶奶忙前忙後。

陸奶奶後悔不已。

「都怪我，我跟他爭什麼呀？不想考就不考了，身子最重要啊……尚兒，你可千萬不能有事，奶奶往後再也不說了，你想做什麼就做什麼。」

從旁經過的姜婉寧腳步一頓，不禁側目。

一碗苦兮兮的湯藥下肚，陸尚的病症總算緩解了幾分。

陸尚今天在廚房忙活了一下午，瞧著步伐都穩健了許多，家裡人還以為他是徹底痊癒了，直到又鬧了這麼一場，一群人不禁茫然地對視著。

「老大這身子……」

總歸這病也不是一天兩天了，眾人長嘆一聲，只剩無奈搖頭。

隨著陸尚睡下，守在外面的人也相繼散去。

陸老二帶著陸顯又去了莊稼地裡；幾個小的被趕去午睡；馬氏回房哄女兒；王翠蓮和陸奶奶也一前一後，各自回了自己房間。

夏日蟬鳴聲越發響亮，陸家的小院卻沈靜了下去。

陸尚這一睡，又是睡了足足兩個時辰，好在他這次沒有發熱，喝完藥呼吸也平緩了下去。

姜婉寧在他床邊守了一會兒，見沒什麼大礙了，便去桌邊趴了下來，趁著陸尚在睡，她也跟著小憩片刻。

只是趴在桌上實在不舒服，沒過多久，她便清醒過來。

難得的偷閒，姜婉寧卻有些不知該做什麼的茫然，她四下環顧著，可這間屋子實在太小，她只花了片刻，就將屋內所有看了一遍，就連哪裡結了蛛網都記得一清二楚。

就在她呆坐放空雙目的時候，忽然聽見床上傳來幾聲悶咳。

幾月來形成的自然反應叫她猛一下站起來，直至衝到床邊，才勉強找回神思。

陸尚眼睛半眯，等適應了光線後，並不意外姜婉寧的存在。

如今更叫他在意的，反而是這具身體的情況。

想到晌午那陣叫人絕望的心悸，陸尚啞聲問：「我的病，妳知道到底是怎麼回事嗎？」

姜婉寧將一直備著的湯藥給他端來，試著還算溫熱，仔細照顧他喝下，等把一切收拾好了，才緩聲說道：「我也是從旁人那裡聽來的。」

陸家人對她既不親近也不信任，除了會教訓她好好照顧丈夫，對於丈夫的一切，卻是少有告知。

好在姜婉寧偶爾會在村中行走，也曾與村裡人交談一二，再綜合著大夫的診斷，大概也能猜出幾分。

「據村裡的人說，你這病是打娘胎裡帶出來的，自你小時候便是體弱多病，長大後不僅沒好轉，稍微有個頭疼腦熱，都能發展成重症。按照大夫的說法，這就是富貴病，只要好生養著，不會輕易要了命。」但顯然，一個普通農家，根本無法長期供應湯藥。姜婉寧頓了頓，又道：「這兩年你的身子越發不好了，就連學堂也去不成，年初村裡來了個老道士，算出你命中注定有一劫，要娶親沖喜才有兩分生機，家裡商量過，便想試上一試。」

說完，姜婉寧垂下頭，碎髮在她臉上打下一片陰影，順帶著藏住所有表情。

陸尚沈默片刻，又問了問之前常有的癥狀。

姜婉寧說道：「就是很常見的咳嗽、發熱，有時還會出現胸悶、氣不順，四肢無力也是常有的。」

陸尚不知道大夫的診斷是不是準確，但對於老道士娶妻沖喜的說法，實在嗤之以鼻。可當著姜婉寧的面，他不好露出心底的輕蔑，只是慢慢敲打著床鋪，思考著如何改變體弱之症。

他記得曾經有個合作夥伴，家裡的小女兒也是身子不好，後來找了個老中醫，特地開了藥方，又為她設計了一套練體術，早晚練上半個小時，只用了兩年多時間，她的體質就改善不少。

陸尚不曉得藥方，卻有幸見過那套練體術。

他抬頭望著姜婉寧，在她細瘦的身軀上打量許久後，一錘定音道：「明天起妳同我一起鍛鍊！」

「什麼？」姜婉寧呆住了。

陸尚卻不欲多做解釋，只說：「等明天妳就知道了。」

「……好吧。」

說完體質，陸尚少不得為全家都在意的科考上兩分心。

聽他問及書本，姜婉寧忙去牆角的櫃子裡把書冊翻出來。

本以為陸尚是要溫書的，哪料他才打開書頁，沒過幾息就合上了。

陸尚面色複雜，把書倒著攤開在姜婉寧面前，問道：「妳可識得上面的字？」

姜婉寧不明白他的意思，猶猶豫豫好半天，才輕輕點了點頭。

「妳認識啊……」

陸尚又看了書冊一眼，對於書冊上筆畫複雜的字體，仍然識不出一個。

沒事沒事，他雖不識字，阿寧還是認得的。

陸尚無比慶幸，望著姜婉寧的眼睛中都添了幾分感激。

要不然他可不知道該如何跟陸家人解釋，原本能稱一句天才的秀才公，怎變成了大字不識一個的文盲。

陸尚有心識字，可也不知是被病症拖累的，還是他本身就心有抗拒，翻開書本才看了幾眼，他就覺得頭暈眼花，學不下去一點。

他從不是個會委屈自己的，只好把書本塞到枕頭底下，搓了搓手，復把姜婉寧叫來身邊。

姜婉寧疑惑地看著他。

「妳坐、妳坐！」想到這不僅是他名義上的妻子，更是他未來的老師，陸尚對姜婉寧更加看重。

「怎麼？」

陸尚笑了笑，張口又將餐桌上的事提出來。

「我想著，科舉考試急不來，可家裡的情況卻是明眼可見的，與其一門心思埋頭在書本裡，不如……咱們先賺些錢，把家裡的條件改善一二？」

一個吃隻雞都要靠老人掏棺材本的農戶，陸尚都不敢問，家裡還有沒有哪怕一百文的存銀。

陸尚已經做好對姜婉寧百般勸服的準備了。

沒想到姜婉寧沈思良久後，竟直接點了頭。

「妳不反對？」

對比之前餐桌上遭到的強烈反對，姜婉寧的這份淡然叫陸尚驚了。

姜婉寧斂目。

「夫君既然有了主意，與其和你爭論傷了和氣，倒不如聽一聽你的意見。再說夫君想賺些錢，應該不只想了一天兩天了吧？」

陸尚根本沒記住她說了什麼，那一句句的話從耳中閃過，最後只剩下兩個字——夫君。

從他睜眼來到這個世界，饒是清楚自己已經成了親，可這還是第一次聽見姜婉寧這般稱呼。

陸尚也好，尚兒也罷，都沒有這個稱謂叫他耳鬢酥癢，彷彿心尖尖都在顫動。

陸尚緩緩吐出一口氣，抬頭剛想說些什麼，可一看見姜婉寧，突然就失了言語。卻不想，他的沈默叫姜婉寧誤會了。

姜婉寧眸色一沈，藏在身後的手指纏在一起，她儘量穩定聲音說：「我之前見村裡有些婦人會在鎮上的繡房裡領針線活，臨睡前做上一點，一個月也能掙十幾文錢。我針線活不算太好，但若只是簡單打些絡子，還是可以的，到時再勤快些，一個月也能掙上二、三十文，可以補貼一點家用。當然，我知道這點錢對於家裡只是杯水車薪，等我再去打聽打聽，看還有沒有其他賺錢門道。家裡困難我是曉得的，夫君有心改善，我總會盡力。夫君且寬心，家裡困難，我賺錢養你便是。」

陸尚目瞪口呆。

——我賺錢養你。

幾個字振聾發聵，一遍又一遍地在他耳邊炸響，威力可比那一、兩句夫君強多了。

他摸了摸自己的胸口，只覺心臟撲通撲通的，他很難說清這一刻的心情，許是熨貼，許是激動，又或者是旁的什麼。

他上輩子活了三十年，也從未有哪怕一刻受人庇護至此。

陸尚很想說一聲「好」，好好享受一把被人包養的滋味，但……

他忽然笑了，抬手用力揉了揉姜婉寧的腦袋，無視她眼中的錯愕，揚了揚下巴。「怎麼，我一個大男人，還需要妳一個小丫頭養？看不起我是不是？」

「不，我不是這個意思——」

「我知道妳是什麼意思。」陸尚打斷她，拍了拍她的肩膀。「我是想賺些錢，但並非是全要靠妳。我是想著不急著科考，那就有大把閒餘時間。趁著這段日子，咱倆鍛鍊鍛鍊身體，再鼓搗鼓搗賺錢的活計，三、五個月時間，多了不說，賺個三、五兩總可以吧？」

姜婉寧滿心狐疑，似是在判斷他言語的真實性，又好像是在疑惑陸尚怎麼變了性子。

她前些年從未為銀兩發愁過，要為銀錢發愁了，又沒了賺錢的自由，自然也不清楚這所謂的三、五兩銀子，對於一個普普通通的農戶來說，有多難存下。

半晌過去，姜婉寧遲鈍地點點頭。

「那……要怎麼賺錢呢？」

陸尚訕笑兩聲。「還要麻煩阿寧多去打聽打聽，看看村裡人都是怎麼賺錢的，等妳打聽好了，我們再合計？」

對於這個答案，姜婉寧也談不上失望，她順從地應了一聲，扭頭看一眼天色，繼而說道：「時辰不早了，家裡該準備好了晚膳，夫君是出去吃，還是我端回來？」

陸尚晃了晃手腳，雖還有些痠軟，但想到他的鍛鍊大計，仍是堅持下了床。

晚上的飯菜多半是晌午剩下的，馬氏用殘餘的滷汁拌了一碗野菜，那帶著苦味的野菜梗反成了桌上最受歡迎的。

陸顯一口粥、一口菜吃著，還不忘讚道：「不是我說，大哥做的這菜，比鎮上的酒樓都不差！」

「還好還好，一點滷菜而已，不費什麼心思。」

「滷菜？」陸尚的謙虛引來陸老二的注意，陸老二想了想，說：「是鎮上街市裡賣的那種滷菜？」

他的話也叫其餘人想起來了。「不會是我想的那個滷菜吧？」

「我之前在村長家見過一回，是大喜哥從鎮上帶回來的，就那麼小小一碟，裡面都沒兩塊肉，就要足足十文錢，就這樣，還有好多人搶不到呢！」

一時間，桌上人全看向陸尚，等著他的一個回答。

「這……我也沒見過你們說的滷菜啊，也不知道是不是同個東西。」話雖如此，陸尚卻很是意動。剛才他還跟姜婉寧商量著賺錢，這一轉眼，可不就是現成的商機？陸尚想了想，說：「爹，你們這段時間還去鎮上嗎？捎我一個，我正好想去鎮上看看。」

不等他解釋，陸老二已經明白。「是不是要去買紙墨了？你算算需要多少錢，我看家裡的錢還夠不夠，不夠的話也好早點去找村長借。」

陸尚張口想要反駁，忽然想起什麼，話音一轉。「……好。」

家裡錢多錢少，唯一沒短過的，也只有陸尚的讀書錢。

王翠蓮自是滿心的不情願，可她也清楚，但凡是涉及到唸書，只要她露出丁點兒不願意，陸老二和陸奶奶的矛頭一定會轉向她。

這種時候，閉嘴才是最好的選擇。

晚飯之後，陸尚和姜婉寧先回了房間，眾人的碗筷則留給王翠蓮收拾。

原本收拾的人裡還有馬氏，但今天她的女兒哭鬧不停，她連晚飯都沒顧得上吃，便匆匆忙忙去哄孩子了。

一夜無話。

轉過天來，陸尚果然如他說的那樣，早早就起床鍛鍊。

清早的陸家村還有幾分涼爽，未被污染過的空氣裡更是透著一股清甜。

陸尚站在院子裡呼吸了許久的清新空氣，一直等姜婉寧洗漱打扮好了，才把她招呼到身邊。

「妳學著我的動作來。」

「嗯。」姜婉寧應下。

很快地，起床的陸家人便看見，那一向病弱的老大，正帶著他媳婦兒在院裡不知幹些什麼。

一會兒單腳站立，一會兒弓背撅臀，瞧著比街上耍猴戲的還好笑。

功效暫且不提，美觀反正是沒有的。

要不是姜婉寧乖順，換作旁人，還真不一定願意陪著他耍戲。

陸光宗在旁邊看了一會兒，實在忍不住了，捂著嘴快步跑出去。

等他一出院子，手才落下，便是忍不住的放聲大笑。「噗哈哈哈！」

陸尚和姜婉寧當然也能聽見。

對此，陸尚只是哼哼兩聲。「別理他，小毛孩知道什麼好壞！」

姜婉寧最開始也覺得這套動作古裡古怪，但真跟著練上這麼一套下來，她卻感到全身都活泛起來了，不光是體表的發熱，連同內裡都能感覺到一股暖流。

她並非什麼都不懂的小姑娘，相反地，在姜家尚未落魄前，家裡每隔一段時間就會請御醫到家中給女眷看診，就算沒有什麼傷痛病症，也會開一些養身的方子。

按照御醫的說法，這些方子能舒筋活血，一副藥下肚，很快就能感覺到小腹的暖熱，身子寒涼的尤能覺出其功效。

姜婉寧也曾喝過這些藥，不能說沒有效果，但比起這套奇奇怪怪的體操，湯藥的功效實在不夠看了。

對了，陸尚說過，他們練的是健身體操，專門強身健體的。

健身操的動作只是不雅觀，卻沒有什麼困難的，姜婉寧用心牢記，只練了一、兩遍，就記得差不多了。

她的身子不好，全是這一年裡糟蹋的，只要之後保養得好，不會落下什麼大毛病。

反是陸尚從小病到大，從骨子裡就是虛弱的，就算是這樣溫和的體操，他只做了一遍就進行不下去了。

陸尚頭上、背上全是汗，癱坐在木頭板凳上，呼哧呼哧地喘著大氣。他抹了一把眼前的汗珠，瞇著眼睛看向姜婉寧。

看她已經開始了第三遍操，就算他再怎麼不想承認，也不得不認清現實——

現在這副身體，連十五、六歲的小姑娘都不如！

到最後，陸尚也沒能再站起來，就算是回房間，還是歇了好大一會兒，又被姜婉寧攙扶著、步履蹣跚地回去的。

姜婉寧大清早就做了三套操，剛做完還是有一點累的，可等吃完一碗白粥，只覺一下子有了精神，幹勁十足。

陸尚癱在床上，看她擦擦桌子、整理整理櫃子，根本閒不下來，一問緣由，更是啞然失笑。

「罷了罷了，妳在屋裡晃悠得我頭疼，還記得昨晚我們商量的事嗎？」

姜婉寧小雞啄米般點著頭，一點就透。

「夫君是想叫我去打聽打聽嗎？」

陸尚喜歡跟聰明人講話，望著她那雙靈動的眼睛，心裡更是歡喜。

「妳且先去，等之後賺到了錢，我一定先給妳買身新衣裳。」陸尚打趣地說：「再買兩支新簪子，把我們阿寧打扮得跟花兒一樣！」

姜婉寧被他逗得小臉一紅，忍不住瞪了他一眼，隨即把手裡的抹布放下，轉身就跑了出去。正巧家裡沒人，也沒有人會不許她出門。

第四章

嫁到陸家這麼久，姜婉寧還是第一次不用端著大盆的髒衣服，只空著一雙手，慢悠悠地走在鄉間小路上。

這兩天的日子實在舒坦，吃好了、喝好了、受了愛護，小姑娘的天性就冒了出來。她本就沒有目的，轉頭瞧見了路邊開得正豔的花草，想到那間小小的、昏暗的屋子，她不禁駐足。

等姜婉寧再次前進的時候，她懷裡已經抱了一大捧的花，長短不一，顏色各異，混在一起卻莫名的和諧。

姜婉寧一邊繼續往前，一邊時不時看一眼懷裡的花，想著該往哪裡擺放，又怕不討陸尚的喜歡。

正走著，她忽然聽見背後有人招呼。

回頭一看，卻是已經有好些日子沒見過的樊三娘。

樊三娘胳膊上挎著竹籃，裡面是剛採摘下的野菜，最上面還蓋了一層甜果兒。

看清來人後，姜婉寧眼睛一亮。

她在陸家村並不受歡迎，許多人家顧忌著她的身分，便是在路上見了她，也只會遠遠地躲開，眼中全是打量和戒備。

之前有次她在河邊洗衣裳，腳滑險些落進水裡，正好被樊三娘扶了一把，兩人算是搭上了話，之後一來二去的，也熟悉了些。

姜婉寧很羨慕樊三娘的性子，她是個說一不二的潑辣女子，上能勸服公婆，下能管教兒女，就連高高壯壯的丈夫也被她馴得服服貼貼。

反觀自己的端雅嬌媚，在京中是人人稱道的，可到了這等偏僻小山村，就沒什麼好處了，反會被人拿捏得死死的。

樊三娘走近後先是將姜婉寧仔細打量了一遍，看她身上沒有什麼傷勢，精神都比之前好了許多，她不禁奇道：「王氏這幾天不搓磨妳了？」

想到陸尚對她的維護，姜婉寧莞爾，搖搖頭，眼中都多了幾分光彩。

樊三娘鬆了一口氣。「那就好、那就好！前幾天我還叫家裡那口子多注意著點，萬一妳那邊不好了，先來我家避避難也行。」

「謝謝三娘。」姜婉寧的笑容更燦爛了些。

樊三娘看了眼她懷裡的花，又問：「妳這是要去哪兒？」

姜婉寧說：「沒什麼確切地方，我就是到處走走看看。家裡……便想看看有什麼賺錢的法子。」她猶猶豫豫地，到底沒有把陸尚說出來。

樊三娘理解。「妳家裡確實困難，我之前聽說，陸秀才又好了？」

靈堂詐屍復活一事，實在奇之又奇，就算到了今天，村裡仍有不少好奇的人家或明或暗地打聽著。

也就是陸尚沒有出家門，不然少不得被一群人圍住，好好看看什麼人死了又能活。

姜婉寧微微頷首。「夫君他……是好了些。」不光是身體見好，就連性子都變溫和了。

她是聽過一些靈異詭事的，什麼人將死之時被救回來，從此痛改前非、大徹大悟。

對於陸尚的改變，姜婉寧想不到其他原因，只能往這類奇聞上猜。

樊三娘得了一點兒答案後，倒也不往深處追問，轉而說道：「既打算要賺錢，妳有什麼主意了嗎？」

姜婉寧如實說：「我只知道能在鎮上的繡房裡接活兒，其他就不清楚了。三娘，妳知道村裡人都靠什麼補貼家用嗎？」

樊三娘是鄰村人，嫁來陸家村也有五、六年了，她不光清楚陸家村的門道，連著娘家村子裡的生計也說了。

「……反正要說賺錢，還是豆腐坊最好，但咱們村裡已經有豆腐坊了，妳家搶生意總是不好的，何況你們也沒有釀豆腐的手藝，此招大概行不通……對了！」樊三娘不知想到什麼，一把抓住了姜婉寧的胳膊。「我聽說好多富家小姐都會唸學堂，妳是不是也有唸過書？」

姜婉寧不明所以，遲疑地點了點頭。

樊三娘一拍掌。「我知道幹什麼了！鎮上有專門寫書信的讀書人，妳既然識字，當然也能幫人寫信，一個字一文錢呢！」

替人寫信聽起來是很誘人，活兒不累，賺得也多，姜婉寧卻也沒天真地覺得，此事真能辦起來。

大昭對女子的束縛不算重，但在百年前的前朝統治下，女子凡六歲以上者，不可輕易出門，出門必有父兄陪伴，並以黑紗遮面。

諸如此類，不勝枚舉，前朝對女子的枷鎖重到難以想像的程度。

大昭開國後，第一件事便是廢除了對女子的諸多束縛，又許其入學習文，許其同男子一般行走街上，近百年的潛移默化下，那些令人匪夷所思的規矩已經去除大半。

可說到底，科舉做官的只有男人，讀書習字這等費錢的事，也多是男人才能享受到的特權。

一個剛成親不久的姑娘在外拋頭露面，就算姜婉寧自己不在意，也難保陸家人不介懷。

再者說了，哪怕她真能在陸尚的支持下擺起攤子，一個小姑娘的寫信攤，根本無法引來顧客。

能送女孩去學堂的富家不屑於叫家中女眷幹這種事，沒錢人家的姑娘更是連字都不識。

換位思考，誰會信一個從村裡來的姑娘能識字，能替人寫信呀？

只是看著樊三娘眼中的光彩，她沒有說什麼喪氣的話。「那可太好了，等回去我一定好好想想。」

既然打聽清楚了，姜婉寧就準備回去了，陸老二家和樊三娘家正好在兩個方向，因此兩人就此作別。

臨走前，樊三娘忽然有點不好意思地拽了拽姜婉寧的袖口，囁嚅道：「婉寧，有件事我想問問妳，也不知道行不行。」

姜婉寧問：「什麼？」

「嗐，還不是家裡那兩個不省心的，到這個月月底老大就整四歲了，我聽說小孩子四、五歲啟蒙最好，我家雖不缺吃穿，但要供孩子去學堂還是有些吃力，我就想著那個什麼嘛……」剩下的話，她實在不好意思說。

姜婉寧歪了歪頭。「妳是想叫陸尚教教大寶嗎？」

「不是、不是，咱哪敢麻煩陸秀才！」樊三娘連連否認，又指了指姜婉寧。「我是想著，能不能請妳幫幫忙，請妳教大寶識幾個字？妳放心，我肯定會按照規矩給妳交束脩，就是可能沒有鎮上那麼多……」說白了，還是掏不出那麼多錢。

姜婉寧恍然大悟，聽明白後卻又不敢滿口應下。「我……」她倒不是對自己的學識沒自信，只是怕這邊應了，到時候陸家人又阻止。思來想去，姜婉寧如實說：「若只是學幾個字，用不到什麼束脩的。只是這事不能我一個人說了算，妳等我回家問問。若是可以那當然皆大歡喜，就算是不行，我再給妳想別的法子，總不會耽誤了大寶的啟蒙。」

有了姜婉寧的保證，樊三娘大喜過望，連聲道謝，將籃子裡的甜果兒全塞給姜婉寧，看她拿不住，索性把籃子也送了她。

「不用、不用，這些……」

「嗨呀妳跟我客氣什麼？好了我回家了，妳也快回去吧，等太陽升起來，路上可熱得很！」樊三娘招呼一聲，轉頭就往家跑，等著把這個好消息分享給家人。

眾所周知，姜婉寧是大官的女兒，就算成了犯官，總比他們這些泥腿子懂得多。

旁人只是怕惹來閒話，又或者惹火燒身，樊三娘卻是不怕的，在她的強勢下，連著家人都不敢反對什麼。

反正在她看來，她也不求家裡的娃兒考上秀才，能算算數、識識字，長大了去當個帳房先生，已經是燒高香了。

她家沒錢送娃兒去學堂，而姜婉寧能讓她的孩子識字，自然就是她巴結看中的對象，其他亂七八糟的，在孩子的前程面前，一概不重要。

這邊樊三娘走了，姜婉寧也改道回家。

她回到家中時，陸老二等人還沒有回來，院子裡靜悄悄的，也沒有人出來數落她亂跑。

姜婉寧四下看了看，抱著花、拎著籃子，快步走回房間。

原以為陸尚還躺在床上，進門才看見，他竟坐到了桌邊，桌面上還攤著紙筆。

聽見門響，陸尚望了過去，等看見姜婉寧帶回的這許多東西，有些驚訝。

「不是說隨便看看嗎，怎帶回來這麼多東西？我瞅瞅這是什麼花……這是野菜吧？」陸尚站起來，順手關了房門，又接過姜婉寧手中的東西。

姜婉寧蜷了蜷手指，小聲回答。「花是從路邊摘的，我看它們開得正豔，擺在屋裡應該很好看。野菜和甜果兒是三娘給的，我在路上遇見了她，正好跟她問了問。」

陸尚沒有追問，反而低頭聞了聞花草。「這花兒挺香的，阿寧說得是，屋裡合該擺些東西，如今太沈悶了點。」

姜婉寧並沒有奢望能得到陸尚的認可，只要他不嫌棄，她便滿足了。

如今陸尚的反應著實超出她的預料，等她回神，眉眼都不禁彎了起來。

她重重地「嗯」了一聲，頗有些手足無措。「那我去找個盆，裝點水把花插進去！」

「不急不急，妳先坐坐。」陸尚忙將她拉住，麻利地給她倒了一杯涼開水。「先喝點水，妳看妳跑得臉都紅了。」

姜婉寧正是高興的時候，陸尚說什麼她都應，而就在她喝水的工夫，陸尚已經把床底的木桶挪了出來，仔細地把花草裝進去。

他把木桶挪到房門口，能曬到一點陽光，卻又不會太烈，再往裡面加了兩瓢水，花兒怎麼也能開上個三、五日。

也不知是心理作用還是怎的，那些花草才裝點好，姜婉寧就覺得整個房間都亮堂活潑了起來。

陸尚也說：「這感覺好多了。」

隨著花草收拾好，陸尚重新坐過來。

姜婉寧這才看見紙上的字，那些字……她不光識得大昭字，就連西域的符號也略懂一二，可如今，她擰起眉頭，靠近桌面仔細辨別了許久，卻仍認不出這些字。

紙上的字符密密麻麻地挨在一起，遠看看不出異樣，湊近了卻發現，沒有一個字是正確的，這已經不是好看或不好看的問題了。

「夫君寫的是？」姜婉寧實在認不出。

陸尚面上閃過一絲慌亂，忙將那些紙張捲起來，往手下一壓。「沒什麼，我只是胡亂寫寫畫畫。阿寧不是去打聽情況了，可問到些什麼？」

他話題轉移得太生硬，姜婉寧仍然疑惑，卻也不好再追問。

她想了想，說：「靠力氣的活兒倒是很多，但夫君多半是不適合的。除此之外，三娘說鎮上代寫書信很賺錢，不妨考慮一二。另外就是……」姜婉寧抿了抿嘴唇，將樊三娘想請她給家裡孩子啟蒙的事說了出來，復說道：「我聽說村裡還沒有學堂，夫君既是村裡唯一的秀才，是不是也能開一間村塾呢？到時候稍微收一點束脩，既能補貼了家用，還能日日復習功課。」

代寫書信也好、辦村塾教書也罷，陸尚拍了拍自己空蕩蕩的腦子，只剩苦笑。

秀才能幹的事可太多了，但到了陸尚這兒，一切與學識有關的，那全是死路。

他正思考著如何婉拒，不經意和姜婉寧對視上，他渾身一震，望著姜婉寧的目光突然變得灼熱起來。

他不認得字，當不了夫子，但姜婉寧認得，那便是可以當了嘛！

陸尚幾次想要開口，又再三告訴自己冷靜一點，想當年面對上億的生意他都能面不改色，怎會因一小小私塾而興奮？

他雖對村塾有了新的想法，卻也知道叫一個十五歲的小姑娘當夫子太過誇張，拋卻性別上的阻礙不談，單論她的年紀，空口白牙的，實在難以叫人信服。

最好能有什麼契機，把姜婉寧推到人前，讓村民都知道她的好才行。

幾番深思熟慮下，陸尚冷靜了下來。

他怕給了姜婉寧太大的幻想，到時事情沒辦成，反叫對方失望了，與其現在跟她多講，還不如等事情有了苗頭，再跟她透個底。

陸尚控制了一下表情，勾了勾唇角。「我大概明白妳的意思了，我會好好考慮的。那別的呢？有沒有一些比較普遍的、好多人都在做的生意？」

「有是有，像是賣豆腐的、用牛車拉人往返鎮上的、打家具的、山裡捕獵的，這些是比較能賺錢一點。再就是純賣力氣的，鎮上有雇人搬東西的，還有砍樹賣柴火的，我聽說鎮上的富商蓋房子，有時也會招人幫忙搬磚。

「若是說女眷這邊，除了上回我說過的給繡房幹活，還能去山上採野菜、菌子、皂角，這些都是可以拿去賣錢。再不濟，編籃子、納鞋底也行。」
只要有心賺錢，多多少少都有事幹，無非是賺多賺少、賺快賺慢罷了。
可是陸尚聽了一圈下來，幾十種活計，沒一個讓他心動的。
眼看他在沈思，姜婉寧閉上嘴巴，沒有再打擾。
過了不知多久，陸尚忽然問：「妳說有用牛車拉人的，那是怎麼一個法子？」
姜婉寧說：「我也是聽村民說的，從陸家村去最近的鎮上，走路要花整整半天，要是坐牛車，便只需要一個時辰。趕車的大伯是隔壁村的人，每天清早會在周邊的村裡轉上一圈，要是有人想去鎮上，就用牛車拉上他，一人三文錢，等傍晚再統一送回來。」
陸尚了然，這便是古代版公車。
說起來他之前的生意，也和運輸有關，只是他運送的不是人，而是各種貨物，海陸空多種途徑，運輸路線遍布世界各地。
當年他有了第一桶資金，就是靠著物流發家的。
陸尚不抱什麼希望地問道：「既然有拉人的，那是不是也有拉貨物的？」
「有是有，不過……」姜婉寧微微遲疑了下。「我不知道陸家村附近有沒有，但之前在京時，會有從江南來的貨船，西域也會有貨郎過來，至於出海的商船，有些要五、六年才會回來一趟。」
這麼一聽，東西南北皆有商路。

陸尚狀似不經意地問：「說起來，今年是哪一年來著？」

「大昭順和二年。」

「大昭?!」陸尚一下子愣住了。

姜婉寧沒明白他驚訝的點，猶豫地點了點頭。「是吧……」

陸尚想了許久，便是他歷史學得再差，也不記得歷史上有大昭這個王朝，而一個能在海上開商路的朝代，怎麼也不該籍籍無名。

直到這時，他才隱約意識到，自己並不單純是來了某一個古代，更大的可能，許是已經去了另一個時空。

看在姜婉寧眼中，便是他忽然有些沮喪、哀傷。

但這股負能量很快就消失了，轉而化作釋然。

陸尚緩緩吐出一口氣。「我明白了。」什麼朝代不重要，重要的是他該如何適應並活下去？餓不死還不行，他還有一個十幾歲的小姑娘要養。

女孩子要富養的。

哪怕他連個女朋友都沒有，對這句話卻是格外贊同。

「等過幾天要是去鎮上，妳跟著一起，到時我們去看看寫信的攤子，若是有機會，再往書肆走一趟。對了，妳知道鎮上那家賣滷菜的在哪兒嗎？」陸尚問。

姜婉寧搖頭。「我還沒有去過鎮上，婆母他們不許我亂出門，出村更不可以了。」

「無妨，到時候我再找旁人問問。」

陸尚對之後有了一個模糊的雛形，而許多事情並不是著急就能解決的。

他喝了兩口水後，轉去忽悠姜婉寧，又哄又騙的，叫她寫字來看。

筆墨紙硯在農家都是很珍貴的物品，可對陸尚來講，還不如一個饅頭來得實在。

而姜婉寧畢竟只在鄉下生活了幾個月，就算知道紙筆費錢，可也沒有把它們看得太重，既然陸尚說了可以用，她也不再扭捏什麼，熟練地研了墨。

陸尚在旁邊看著，哪怕姜婉寧身上穿的是最普通的粗衣，光是那份氣度，便叫人覺得賞心悅目。

再對比他剛才磨墨時弄得滿桌，果然，有些事情還是要讓專業的人來做。

不一會兒工夫，姜婉寧就準備好了。

她把著毛筆，雖已摸出材質劣等，面上也沒有表露半分，問：「夫君要我寫什麼？」

陸尚還欣賞著，隨口說道：「就寫鵝鵝鵝，曲項向天歌——」

姜婉寧的筆尖微頓，在嘴邊唸了兩遍。「好詞，這是夫君做的？」

陸尚頓時羞窘，連連擺手。「不是不是，我哪有這等才華！」

姜婉寧想到曾偶然在書上看過的陸尚的批註，心中略表贊同。

她問清楚幾個字後，抬筆落下。

大學士家的千金，自是練得一手好字。

就連陸尚這個對文化涉獵甚淺的，等看見紙上的大字後，也不禁撫掌讚嘆。

然而不等他誇獎，他目光一凝，忽然把姜婉寧的手拽了過來。

他將毛筆放下，攤開她的手掌。

只見五根手指上全是細小的傷痕，有些傷得深的，至今還沒有結痂，再看手背上，仍舊如此，甚至在她的指肚上，已經出現一層薄薄的繭子。

陸尚和姜婉寧相處已有些天了，即便常常在一起，卻也沒有仔細觀察過。

而且他一個大男人，若一直盯著小姑娘的手看，怎麼都覺猥瑣，要不是今日，他還看不見姜婉寧手上的細小傷痕。

陸尚並沒有認為傷口細小就不嚴重，很多時候，越是微小的傷口，疼起來才更熬人，何況這滿滿一手，根本數不過來。

姜婉寧不自在地往回縮了縮。「沒什麼，就是做家務時不小心蹭到的……」

「這還叫沒什麼？」

姜婉寧很久沒有聽過他這樣嚴肅的語氣了，一時愣住。

陸尚正責怪自己沒多注意，光顧著跟自己生悶氣了，扭頭上了床，也不管夏日蒙著被子有多熱，兀自躲了起來。

姜婉寧愣愣地站起來。「……夫君？」沒人應聲，她也不敢再喊。

就在她反思是不是自己說錯了話時，卻聽被子底下傳來悶悶的聲音——

「跟妳沒關係，是我不好，叫我自己待一會兒就好了。妳別出去，等會兒二娘他們回來了，肯定又要支使妳。妳就在屋裡坐著，旁邊的櫃子裡還有些書，妳要是喜歡就看看，不喜歡做點旁的也行。阿寧，妳等我想想明白。」陸尚難得顯出幾分低落。

姜婉寧猶疑著。「……好。」

饒是陸尚說了她隨便做什麼都好，姜婉寧也只是坐了回去，時不時往床上看一眼，見陸尚沒有動作，她便也不動了。

一直到陸老二等人從外面回來，院裡有了動靜，陸尚才從被子裡鑽出來。

就待了這麼一會兒，他頭上、臉上已全是汗，原本蒼白的臉也顯現幾分紅潤。

姜婉寧第一時間站了起來，喏喏地望著他。

陸尚走到她跟前，大掌按了按她的髮頂，面上含了兩分笑。「久等了。」可這句話之後，他不肯再多解釋什麼，轉而說道：「等晚些時候我找找有沒有閒錢，趕明兒妳跟我先去鎮上一趟，看看有沒有塗手的香膏，我買給妳。」

姜婉寧一怔，聯想到他蒙被子之前的對話，忽然產生了一個堪稱荒謬的猜測。

然不等她深究，陸尚已經拽著她走了出去。

臨近正午，村裡的家家戶戶都燒起了火灶，陸老二家左右都住著人，隔著圍牆已經能聞到飯菜的香氣。

陸老二他們在田裡忙了一天，進門就找陰涼地坐了下來，從井裡打了涼水，喝一口後，剩下的從頭頂澆下，透心清涼。

陸奶奶上午就出門去村口找人閒聊，都不用她找話題，自有村民湊上來。

「妳家陸尚，怎麼樣了？」

陸奶奶一揚頭。「全好了！」

「怎、怎就全好了？啥叫全好了啊？」

這麼一聲，村口的人全圍了過來。

陸奶奶也不怯場，晃了晃腦袋，又是高興、又是炫耀。「神仙保佑，自那夜後，尚兒是一天比一天好，身子雖還是弱了點，可比之前也是好了太多！就昨兒，尚兒還親手給我們燉了大公雞，做出來的菜可香了！今早他甚至還早起練功，整個人都有了精神！」

陸奶奶對陸尚的在意，那是所有人都知道的，要不是陸尚真的好了，實在無法想像，她會滿臉高興地來村口閒坐。

陸奶奶用了一整個上午的時間，把陸尚的情況傳遍了陸家村。

這下子村裡人都知道，陸家那個復活了的病秧子好起來了！

光是她回家這一路，都收到了好幾個人的道賀，恭喜她大孫子痊癒，又祝她早早成為狀元郎的奶奶。

狀元不狀元的，陸奶奶是不敢想，只要陸尚好好的，她便滿足了。

想到這一路的恭賀，陸奶奶進門一看見陸尚，就覺得心花怒放，連帶跟在他旁邊的姜婉寧都是越看越喜歡。

眼看這祖孫三人又湊在了一起，王翠蓮撇撇嘴，瞧見從房裡出來的馬氏，立即指桑罵槐地道：「怎麼還沒做好飯？我們在外面累了那麼久，回家連口熱飯都沒有，是想餓死我們不成？」

馬氏解釋道：「娘，不是的，我上午在照顧孩子，她一直在哭鬧……」

「哭什麼哭？一個丫頭片子，妳不哄，她自然就老實了！還不快去做飯？養妳也沒有什麼用！」

王翠蓮罵罵咧咧的，馬氏的臉色也越發難看。

陸顯想替媳婦兒說話，可剛一張嘴，就被王翠蓮一巴掌拍在了腦袋上。

但不管她罵得再怎麼凶，陸尚也沒錯過她不停地往姜婉寧身上丟來的眼刀。

眼看她越罵越過分，陸尚淡淡開了口。「好了。」

他聲音不大，偏偏一聲就能鎮住所有人。

陸尚說：「我也在家，也沒幹活兒，二娘不如連我一同罵上。」

他一開口，陸老二也跟著下場，他把盛水的舀子丟在地上，發出一聲清脆的響聲。「行了，吵嚷什麼？他們沒做，妳自己去做就是！」

哪怕沒有指名道姓，王翠蓮也知道他說的是誰。

王翠蓮倒吸一口氣，望著滿院看熱鬧的人，再好的忍性也憋不住了。她胸口起伏越來越大，半天才憋出一句話來。「陸老二，你別太不是東西！」

說完，她將身後的背簍扔下，滿筐的野菜、菌子都灑落在地。

而她則直接跑向房間，將房門重重摔上，沒過一會兒，屋裡就傳來嗚嗚的哭聲。

剩下一群人面面相覷，陸老二皺著眉，不高興地說了句。「什麼性子！」

王翠蓮撂挑子不幹，一家人卻不能餓著。

馬氏正準備去廚房做飯，可她屋裡又響起了女兒的哭啼，她正左右為難著，這時陸尚又站了出來。

「弟妹去看孩子吧，午飯我來做。」

「啊？」馬氏愣住了。

陸尚作了決定，也沒多遲疑，熟練地牽上姜婉寧，轉身就奔著廚房去。

哪怕他昨日剛做了一鍋鮮香味美的滷雞肉，其他陸家人還是不太能接受他進廚房，因此陸尚前腳剛進去，其餘人後腳全追了上去。

陸尚回頭一看，差點被堵在門口的一群人嚇到。

看到他們面上的難色，陸尚很快想明白了癥結所在，對此，他卻是一句話也沒說，只走到門口，一邊把人往外驅趕，一邊關上了門。

男人下廚，在這個地方或許很不可思議。

但對於陸尚而言，既是一家人，沒什麼是應不應當的。女人能幹的事，男人更是沒什麼不可以，至於其餘人那些根深蒂固的觀念，他改不了，卻也不會同流合污。

陸尚關好門後，回頭看向姜婉寧。「簡單做一點？妳說做什麼，我給妳打下手。」他邊說著，邊將袖口挽了上去。

而後姜婉寧洗菜，他燒火；姜婉寧蒸飯，他炒菜。兩人配合著，只用了小半個時辰，就做出三菜一湯。

姜婉寧從未想過，做飯也是能夫妻倆一起來的，她正沈浸在新奇中，全然沒注意到悶熱和勞累。

事實證明，陸尚的身子還是太弱了點。

簡簡單單做頓午飯，他們才吃完，陸尚就又躺了回去，休息了大半日，才勉強找回精氣神，吃晚飯時仍是蔫蔫的。

這叫姜婉寧很緊張，仔細注意著，待他更是照顧有加了。

第二天清早，要不是想到今日要去鎮上，陸尚根本不想起來。

至於他給自己規定的早起鍛鍊……

姜婉寧倒是規規矩矩練了兩遍，只是直到她回房，也沒瞧見陸尚的影子。

直至姜婉寧將陸尚喊醒，提了一句。「夫君還要去鎮上嗎？去鎮上的牛車再過半個時辰就出發了。」

只見陸尚一個鯉魚打挺，猛地坐了起來。「去！」

陸尚昨天在屋裡翻了半天，就差把床板掀起來，東拼西湊找出來半兩銀子。

這些錢在陸尚和姜婉寧眼中都不算多，但只要不買什麼貴重物品，也是夠用了。

何況他們出門前，陸奶奶還多塞了十幾枚銅板給他們。

陸尚不問也能猜到這些銅板是怎麼來的，他雖沒當場拒絕，可一出門就把銅板塞進了另一個荷包裡，往兜裡一塞，並不打算花費。

時隔數日，陸尚總算從家裡那一畝三分地走了出來。

他們今天出來得早，村裡還沒什麼人，也就只有幾個小孩子蹲在家門口玩泥巴，遠遠看見陸尚，頓時一哄而散。

等他們找大人說完「陸家的病秧子出來了」，好奇的人衝出家門時，鄉間小路上早沒有了陸尚兩人的影子。

至於成為許多人所關注的那位，他正不動聲色地打量著周遭環境，不時再問上一句。

姜婉寧對陸家村了解不多，然比起陸尚，她已經算是熟悉的了，村裡幾個有名的人家她都有所耳聞過。

「那邊的田就是村長家的，村長家人多，按人頭分到的，加上祖輩留下的，約莫有五十幾畝，是村裡最富的人家……」

陸尚還算明白，鄉下人家田地多少，一般也代表著家境好壞。

陸家能有二十六畝，要不是需要供陸尚讀書，又經年供養著湯藥，只這二十多畝田，他家在村裡怎麼也能算是數一數二的富戶了。

「陸家……咱家的田不在這邊，是鄰近漠拓河的，聽說灌溉很方便。」

陸尚微微點頭。「等過兩天涼快點了，我過去看看。」

兩人一路走著說著，很快就到了村口坐牛車的地方，這個時辰出現在村口，多半是要趕早去鎮上的，或是採買家用，或是賣些閒雜物品。

趕車的龐大爺就坐在車板上，收一份錢上一個人，無論男女老少，一律三文錢，攜帶東西超過二十斤者不拉。

姜婉寧想了想，難得閒話了一句。「聽說拉車的龐大爺是村長家媳婦的親大伯，跟村長關係也不錯。」

陸尚奇怪地問：「不是說拉車的大爺是隔壁村的嗎？」

姜婉寧理所當然地道：「是啊，村長的夫人就是隔壁王家村的。」

陸尚看著她，啞然失笑。

牛車不大，如今大半已經坐了人，龐大爺看著周圍沒什麼人了，最後招呼一聲。「還有沒有人去塘鎮？」

「有有有！大爺稍等！」

龐大爺循聲望去，看見陸尚後愣了一下。

陸尚兩人走了過來，陸尚準備好六文錢，伸手要給龐大爺。

龐大爺一個激靈，連忙推拒。「我說是誰呢，原來是陸秀才啊！不用不用，陸秀才要去鎮上說一聲，我單獨送你都成！」

說著，他就讓車上的人往一邊擠擠，偏要給陸尚他們讓出一個寬敞的位置才行。

陸尚不了解實情，只好應承了他的好意。

陸尚病逝的消息只在陸家村流傳，而他又好得太快，外村人根本不知其中變化。

而跟陸尚同村的更不會當他面說些閒話，只似有若無地打量著，一會兒看看他，一會兒又看看被他護在手邊的姜婉寧。

「都坐好，啟程嘍！」一聲叮鈴鈴的鈴響後，牛車動起來。

這時，車上有人問了句。「陸家的，這是你媳婦兒？」

陸尚扭過頭，沒有否認，眉眼間染了一點笑。「是，這是阿寧。」

姜婉寧適時在旁喊了一聲。「許二叔。」

「哎好！你們夫妻倆要去鎮上啊？」

陸尚說：「正是，我和阿寧去買些東西。我看二叔帶了不少東西，這是去賣的？」

許二叔高興地擺擺手。「這不夏天了嘛，山上獵物多了，我也是運氣好，逮著了好幾隻兔子，趁著兔子還活著，我拿去鎮上酒館，也能賺上幾個銅板。」

陸尚了然，這就是姜婉寧說過的，靠打獵為生的人家。

他探過頭去。「我看看……哇！這幾隻兔子可夠肥的，二叔好本事啊！」

許二叔萬萬沒想到，能得到向來高傲的陸秀才的誇讚，一時間又是震驚、又是驚喜，一個黑皮糙漢，硬是羞得脖根都紅了。

等兩人寒暄了幾句後，趕車的龐大爺終於找到空檔，叫道：「陸秀才呀，我這兒有點事想請教請教你，就上次你叫我買的書，我買了，就是之後——」

陸尚連聲喊停。「等等、等等，龐大爺您等等，上回我叫您買什麼書來著？我前些日子精神不好，忘了好多事，實在不好意思啊！」

「啊？喔喔喔，沒事沒事，就是我家小孫子六歲了，家裡想叫他認點字，上回你去鎮上時，我跟你聊了幾句，你說可以買《時政論》，我託了好些人，好不容易買來了，可家裡都不認得上面的字，你看之後可怎麼好啊？」

話音剛落，姜婉寧不禁望過來，眼中存了幾分疑惑。

說起這《時政論》，乃是當朝讀書人科考的必備書目，由朝廷刊印，每年只有寥寥幾千冊，陸尚之前找了好久，也沒能找到購買門道。

就是龐大爺他們，也是費了好大功夫，花了足足十兩銀子才買到的。

可正是因為這書又貴又難買，一看就是好東西，他家才沒懷疑陸尚的用心。

此時陸尚是聽得眉頭直皺，就算他再文盲，也知道啟蒙識字是要用《百家姓》、《千字文》之類的，什麼書、什麼論？還是跟時政相關的，要用於啟蒙？陸尚滿腦袋的問號。

但他聽到這裡，也大概明白龐大爺為什麼不收他車錢了。

可惜他對這裡的知識體系實在不了解，更不敢妄言。

他沈思片刻後，說道：「既然買到了書，之後自該開始學字了，只是我對你家小孩不太了解，還是要見過他才知下一步，龐大爺要是有時間，不如送他來我家一趟？」

能去秀才家受指點，這自是天大的好事啊！

龐大爺笑得眼睛都看不見了。「好好好，趕明兒我就把他送去！謝謝、謝謝，陸秀才，可太謝謝你了！等你們在鎮上買完東西，直接來城門找我，我先把你們送回去！等下回你們要去鎮上了，差人跟我說一聲就是，哪用得著趕這一大早的！」

陸尚只覺受之有愧，匆匆應下。

在車上他不好跟姜婉寧請教，只好藉口累了，閉眼小憩，也躲過其餘人的詢問。

趕在太陽升到正當空之前，牛車終於抵達了塘鎮。

塘鎮在整個大昭是不起眼的，可比起三面環山的陸家村，已經繁華了太多太多。

塘鎮周邊的村子足足有二十幾個，村裡人買賣多半要到鎮上來，再加上鎮上偶有過路行商，所以鎮子雖小，卻也五臟俱全，衣食住行諸類皆有涉獵。

從進鎮開始，就能看見沿街的攤販，若想到食肆、酒館、商鋪等地方，那就繼續往裡走，走過塘鎮最外圍一圈，也就是鎮上百姓生活的地方。

可就是外圍的這一圈商販，也足以讓陸尚和姜婉寧看得眼花撩亂了。

只是兩人的好奇，並非出自同一種。

陸尚那是沒見過古代的街市，看見什麼都覆著兩分朦朧，又不自覺地與他所熟知的那些作比較。

而姜婉寧十幾年來都生活在京城，那是整個大昭最繁華的地方，所見都是好東西，哪怕是城外老漢支起的一個首飾小攤，其精緻程度也遠遠超出塘鎮店鋪裡售賣的。

饒是她經歷了流放路上的貧苦，但像這樣貼近普通百姓生活，還是第一次。

她能看出地上的瓜果新鮮，能曉得肉攤上的豬肉骨頭值錢，卻無法理解，街頭的幾個姑娘為何會為了一支做工粗糙的蝴蝶釵子爭個沒完，賣釵子的小販更是連連抬價。

「小姐們，現在要一兩銀子了……要三兩了……」

看她頻頻回頭，陸尚的腳步慢了兩分，等看清她所注意的東西後，忍不住問道：「妳也喜歡嗎？」

「啊？我不明白……」姜婉寧愣住，回神後，不自覺地將心底的不解說出來。

陸尚耐心聽她講完，沒有露出丁點兒的不耐煩，尤其望著她那雙透澈的眸子，更覺她可愛。

陸尚笑問道：「那妳之前買的許多首飾，可值那個價錢？」

姜婉寧認真想了想。「若只論做工、材質，那是不值的，可要是加上工坊的名氣，還是有許多人爭相搶購的。」

陸尚說：「那就對了。妳看那釵子做工粗糙，可在塘鎮百姓眼中，已經是難得的好東西了，因為他們接觸不到更好的，而受人爭搶的蝴蝶釵，在塘鎮的名氣便如同工坊在京城一樣。」

姜婉寧若有所思，片刻後卻拽住了陸尚的衣袖。

「怎麼？」

姜婉寧的眼睛亮晶晶的，嘴角掛著一抹竊笑，小聲說：「我也會做簪釵環飾，做得可比他們好多了，那等我有了名氣，是不是也可以賣出好多銀子？」

隨著她話落，陸尚卻再也忍不住，一邊拍著她的肩膀，一邊放聲大笑。

過路的行人紛紛向他投來詫異的目光。

姜婉寧更是害怕他犯了病，眼中不禁浮現幾抹擔憂。「陸尚……」

直到陸尚笑夠了，他想捏捏姜婉寧的臉，可又顧念男女之別，只好硬生生忍下。

他毫不吝嗇地讚賞道：「是我小看了阿寧，阿寧會的可比我想的多太多！當然可以，等之後我去給妳找材料，看妳是要良木還是玉石，又或者金銀等物，等把首飾成品做出來了，早晚有一天，阿寧的首飾會成為塘鎮最受歡迎的！」

姜婉寧不好意思地笑了笑。「也不用最受歡迎，能賣出去就好了……」

陸尚只是笑，心底卻是不禁輕嘆。

直到此刻他才清楚地意識到，古代女子雖多有束縛，可她們所學所會，遠比他想像中多得多，便是眼前才十五歲的小姑娘，也帶給了他太多驚喜。

陸尚此行只有兩個目的，一來是特地去瞧瞧賣滷菜的攤子，二來則是了解一下鎮上賺錢的行當。

現在再加上一個到首飾鋪子裡轉轉，瞧瞧塘鎮流行的款式，以及給姜婉寧買盒護手霜。

至於他跟家人說的買紙、買墨，早在下牛車時，就被他忘得一乾二淨了。

陸尚詢問姜婉寧的意見。「我想著先在鎮上轉一轉，各個街道都瞧瞧，中午再找個地方吃點東西，等下午沒那麼熱了，再買東西回家，可好？」

姜婉寧乖巧回道：「都聽夫君的。」

陸尚找人打聽了一番，終於問出滷菜攤的位置。

可不等他找過去，就先被街邊代寫書信的攤位吸引了目光。

說是攤位也不盡然準確，應該說吸引他的，是跪在攤前不住苦苦哀求的老婦人。

老婦頭髮花白，身上的衣裳打滿了補丁，她雙手握在一起，不住地向著攤位後的青衣書生作揖。「老爺幫幫忙吧，求求你幫幫忙吧……」

陸尚側耳聽著，才知那老婦已經在這兒求了好久。

原來是她家老頭眼看著不好了，臨終之前只求見見遠走北地的兒子，但他們找遍家裡也只找出了八文錢，萬般無奈之下，她只好跪下哀求，嗓子都哭喊啞了。

可那代寫書信的書生連多餘的目光都沒給她，穩坐桌後，看著旁邊的人多了，才開口說上一句。「代寫書信，一字兩文。」

一個字兩文錢，老婦帶來的銅板，撐死了也只能寫四個字。

陸尚為書信價格震驚的同時，腦子也快速運轉起來。

正當路人看不過去，開口幫老婦求情之際，卻聽人群後面傳來一道清朗的聲音——

「這裡有便宜的書信代寫，阿婆要試試嗎？」

第五章

老婦的哭求聲一頓，遲緩地轉過身去，面上還帶著未乾的淚痕。

陸尚笑吟吟地指向姜婉寧。「我是陸家村的秀才，今日帶夫人來塘鎮，正巧我家夫人粗略識得幾個字，阿婆不如找我家夫人試試？」

此話一出，周圍人群一下子喧嚷起來。

有人是對他的秀才身感到質疑，更多人還是在表達對姜婉寧的不信任——

「那小姑娘？我瞧著瘦瘦小小的，年紀也不大，能識什麼字？」

「阿婆，妳可別被騙了！雖說幾文錢不多，可妳在這裡寫的準對，給了那姑娘，誰知道寫出來會是什麼樣子……」

「哪有女人識字的？可別聽他瞎說了！」

聽著耳邊輕蔑的話語，姜婉寧面色發白。

陸尚聽著也不舒服，卻沒有當眾與人爭論，只是上前幾步，將渾身僵硬的老婦攙扶起來。「不如這樣，阿婆可以先找我家夫人寫信，寫好後妳找旁人給看看，要是寫得好了再給錢，不滿意的話分文不收。」

他長得本就乾淨，說話又不急不緩，更易叫人心生好感，而這種先寫後付的保證，更是給老婦下了一顆定心丸。
不知何時，人群裡的議論聲歇下了。
老婦遙遙望向姜婉寧，半晌後，顫聲說道：「好姑娘，能不能幫幫我……」
要不是曾聽姜婉寧提起過鎮上書信代寫的事，陸尚根本不會參與到這種閒事中。
便是參與了，他身上也不曾攜帶任何紙筆。
幸而代寫書信的小攤開在書肆旁邊，書肆老闆被外頭的喧囂吸引出來，如今更是想看個樂子，於是好心提出建議。「小店可以提供紙筆，公子不如入店一坐？」
陸尚聞聲望去，和書肆前臺階上的老闆望了個正著。
他稍一思量，也不拒絕，衝著老闆遙遙一拱手，轉而帶著姜婉寧和老婦走過去。
為了避免被人質疑，陸尚在店裡取了紙筆後就走了出來，四處看了看，又跟老闆借了店前的一張廢棄桌木。
既然說好叫姜婉寧來寫，陸尚就不會有任何多餘的舉動。
他只是幫忙擺好了桌子，又將宣紙和筆墨準備好，整個過程中，他除了偶爾問一句「這樣可以嗎？妳看這樣擺放合不合適」，其餘便無半句指點，至於那書信寫字，更是隻字未提。
直到一切都準備好，陸尚直接退到一邊去，揣著手，全看姜婉寧的發揮。
姜婉寧很少在這麼多人的注視下做什麼，她平復了一番情緒後，緩緩吐出一口氣，轉頭問道：「阿婆是要寫什麼？」

「我寫、我想寫吾兒阿輝……」

老婦一輩子生活在小村子裡，沒讀過書，也不認得字，更不會什麼文謅謅的官話，她想寫的話又長又冗雜，一個意思的話翻來覆去能說三、四遍。

然而無論老婦說什麼，姜婉寧都只是靜靜地聽著。

她沒有像鎮上常見的幾個代寫書信的書生那樣，時間一長就不耐煩，更不會覺得這些不認字的老人惹人嫌。

一直到老婦絮絮叨叨說完了，姜婉寧才說：「阿婆，這信紙太小，寫不下那麼多話。不過我記下了，您就是想告訴您的兒子，您的兒媳給他生了個大胖小子，拉拔到這麼大了還沒個正經名字，就等著他爹回來起名了。還有您的丈夫，如今癱瘓在床，只求在臨終前見他一面，這些可對？」

「對對對，就是這樣！阿輝走了三、四年了，他是一點消息也沒送回來啊……」說著，老婦又是淚眼婆娑，抓著布袋的手顫個不停。

姜婉寧沈下心，提筆落字。

他們從書肆借來的紙只有兩個巴掌大，材質也是店裡最下等的糙紙，墨點落在上面，很快便暈出痕跡，稍微一個不注意，就會變成一團黑。

隨著姜婉寧提筆，圍觀人群也跟著安靜下來。

他們或許認不得多少字，卻有幸見過觀鶴樓的大家名帖，帖上的字規規矩矩，方塊大的小字鋪滿名帖，據說是店家求了好久才求到的。

可如今，最前面的幾人伸長脖子看了半天，撓撓腦袋，小聲說道：「我瞧著這姑娘寫的字，跟觀鶴樓掛起來的名帖差不多啊……」

一語激起千層浪，後面的人更加好奇了，紛紛往前擠著，想要一睹真跡。

不知何時，陸尚站在了桌前，擋住擁擠的人潮，憑著單薄的身軀，給姜婉寧護出兩分安寧。

而姜婉寧更是全不為外物所動，直到最後一個字落下，才重新抬起頭。

陸尚第一時間湊了過去，小聲問道：「阿寧寫了什麼？」

姜婉寧有些錯愕，半晌才唸道：「吾兒阿輝……」

她沒有用任何晦澀難懂的詞語，通篇讀來，說是大白話也不為過。

可莫名的，老婦嘴中的十幾句話，到她這裡三言兩語就能說清，而且只要認字，定能清楚領會其意，就這小小一片紙，寫完後還留了一點空餘。

陸尚點點頭，剛想請旁人來看，忽然頓住。

他看了看一臉茫然的老婦，又看看人群裡許多滄桑黝黑的臉，心裡突然有了主意。

「阿寧妳看，」他湊到姜婉寧身側，用手指在桌上畫來畫去。「我是想，在信上畫一點小畫可以嗎？就像這樣，不用太複雜，能映襯一下書信就好了。」

陸尚自然不會作畫，現在所演示的，也就一個圈圈、兩支樹杈的火柴人。

好在姜婉寧心思靈巧，稍微看了兩遍，就徹底領會了他的意思。

她想了想，重新提筆。

人群裡漸漸有人等得不耐煩了，吵嚷道：「到底能不能寫完？是不是根本就不會寫啊！我就說寫信哪是隨便什麼人都會的，還是個不知哪裡來的丫頭……」

吵嚷的人喊完就縮回了腦袋，可陸尚還是眼尖地看見，吵嚷的正是代寫書信的那個書生。

他冷笑兩聲，忍不住想把人提溜出來。

就在這時，姜婉寧說：「好了。」

她將毛筆和硯臺挪到一側，等紙上的字跡稍微乾了些，便將信紙遞給書肆的老闆。

這也是他們提前說好的，老闆借給他們紙筆，等寫好後先給他瞧瞧。

與街上的路人不同，老闆經營著書肆，見過太多讀書人，有自視甚高的，自然也有氣度斐然的。

可老闆見過這麼多人，沒有一人能比得上她。

哪怕她長得瘦瘦小小，甚至比不上鎮裡普通人家的姑娘，然只要她一提筆，就好像換了個人，那是她獨有的自信，是在書香世家浸蘊十幾年才養出的氣質。

老闆形容不出來，卻認定了她絕非池中物，甚至他都想不明白，這樣一個姑娘，如何會和後頭那個瞧著病歪歪的男人結親？

懷著這樣的心思，老闆再接過信紙時，更是懷了極大的憧憬。

事實證明，她並沒有叫他失望。

等看清紙上的字後，老闆眼睛裡的光都藏不住了。

老闆店裡平時也會收些書生的抄書，但沒有一人的字比得上這個，這個據說只粗略識幾個大字的姑娘。

等他把字句和下面的小人畫一對應，更是忍不住笑出來。

老闆直接下了臺階，快步走到老婦跟前。「大娘妳瞧，妳看看下面的畫，能猜出來畫了什麼嗎？」

只見信紙最下面畫了三幅小圖，第一幅是個大肚子的婦人，第二幅畫著被婦人領在手裡的小童，最後一幅則是一張破舊的木床，床上躺著一個形銷骨立的老翁。

哪怕陸尚說了簡單一畫，不用太複雜。

但姜婉寧理解的簡單，和陸尚認定的簡單仍舊不是一個概念的。

她只簡化了衣衫、髮飾等，但人物的特徵卻表現得淋漓盡致，只消看上一眼，就能明白畫的是誰。

老婦眯著眼睛看了半天，在老闆的鼓勵下，猶猶豫豫地說：「這個是我兒媳婦？這個是兒媳婦和我孫子小剛吧……這個是我家老頭子？」

姜婉寧還貼心地把畫和字連接在一起，就算不找人唸信，自己連矇帶猜的，也能猜個大概。

老闆把信給老婦看過後，又拿回自己手裡。

要不是圍觀人群喊得太大聲，他根本捨不得給他們傳看。

就算把信傳出去了，老闆也不錯眼珠地追著。「小心點、小心點，可千萬別弄壞了！」

隨著帶有小人畫的書信在人群中傳閱過後，他們的話也變了風向——

「不得了、不得了，這樣一封又是字、又是畫的信，可要多少錢啊！」

「這是那姑娘寫的？別不是其他人提前寫好，她拿現成的吧？」

「你瞎說什麼呢！那紙最開始分明一片空白，而且她寫時、畫時，大夥兒可是全在旁看見了……」

莫管他人對這帶著小人畫的書信多眼饞，既是說好替阿婆代寫，那就只能是她的。

等那信紙傳了一圈再傳回來，整張紙都被搶得皺巴巴的，好在紙上的字畫未損。

姜婉寧問過老婦的意見，仍用這封稍有破損的信。

老婦顫巍巍地問道：「這信、這信要多少錢啊……」

這也是所有人關心的。

姜婉寧管寫、管畫，對定價卻沒什麼主意，只能向陸尚投去詢問的目光。

陸尚說：「書信代寫是兩文，小人畫是五文。阿婆需要代寄服務嗎？」

「代寄？」

「就是把信交給我們，妳只需要說好寄去哪裡？收信人是誰？剩下的都不用操心。」

「多少錢啊？」老婦很心動。

陸尚伸出一根手指。「一文。」五文、兩文再加一文，正好是八文錢。

看熱鬧的百姓幫老婦算好，她聽見最後的數額後，面上終於露出兩分笑意。「要，都要……我有錢，我正好有這些，我現在就數給你們。」

她把用破布包起來的銅板一枚枚數出來，每個銅板上都沾著油花，一摸就沾得滿手都是。

然而陸尚彷彿沒看見上面的髒污一般，高高興興地把錢接過來，又仔細問好地址及收信人，然後大聲說：「阿婆放心，我一會兒就幫妳把信送出去！」話落，他又添了一句。「我家夫人只管替人寫寫、畫畫，剩下那些亂七八糟的費心事，全來找我就行了！」

這話叫一些想找姜婉寧的人紛紛停住腳步，重新將注意力放回到他身上。

陸尚轉手就想把錢交給姜婉寧，卻看見了她眼中的一瞬遲疑。

他輕笑一聲，轉而把錢塞進自己兜裡。

這時姜婉寧便是後悔，也沒法子了。

再有人想找他們代寫書信，陸尚卻是不肯接了，他的理由倒是充分。「我家夫人身子不好，不宜勞神，一天寫上一封就夠了，諸位若是需要，下回請趕早！」

「下回是什麼時候？還是在這兒嗎？還是這個價錢嗎？」

比起鎮上最常見的按字收費，陸尚他們簡直就是白送，那麼幾枚銅板，光是筆墨錢都不夠。

陸尚對後面的安排還沒有一個確切打算，卻不妨礙打破他們不切實際的幻想。

他笑道：「阿婆沒什麼錢，你也沒什麼錢嗎？今日不過是給阿婆行個方便，往後可就沒那麼便宜了。不過大家放心，我們這兒準比其他攤子便宜，至於具體價格，還要等我回去問問夫人的意思，這事我說了不算，夫人說了才算。」

話音剛落，周圍人皆是哄堂大笑。

「原來還是個懼內的喲……」

之前挑事的那個書生不知何時逃走了，臨走前還不忘把他吃飯的書信攤給收走，多餘一點紙屑都沒落下。

百姓們說著笑著，陸尚帶著姜婉寧，也準備就此離開。

可就在這時，書肆的老闆卻攔在他們前面。

「且慢且慢！公子和夫人要是不嫌棄，不如來店裡一坐？」

哪怕老闆沒有說明目的，陸尚和姜婉寧都是門兒清。

陸尚側頭問：「進去看看？」

姜婉寧點點頭。

書肆這種地方，雖也是做生意買賣的，但除了書生、學子，尋常百姓根本不會踏足。

外面街上尚且亂著，可一進到書肆裡，外面的所有嘈雜就都被隔絕在外了。

這間書肆不大，店裡只有七、八排書架，老闆沒有招小工，所有事都是自己做。

老闆姓黃，是鎮上有名的富商郭老爺的遠方親戚，經營這家書肆有十幾個年頭了。

此時店裡沒有旁人，考慮到後面還有許多地方要去，陸尚也不跟他周旋，直接問道：「黃老闆有何指教？」

「不敢當、不敢當！我就是想跟公子和夫人談一筆生意……」雖然男子說了要聽夫人的，可黃老闆卻明白，之前那場劇全是男子主導的，要是真想做些什麼，恐怕還是要跟男子接洽才好。「敢問公子貴姓？」

「免貴姓陸。」

「原來是陸公子和陸夫人，是這樣的，我觀夫人字跡甚佳，恰巧店裡常年收購字帖，不知夫人有沒有興趣跟店裡合作？當然，公子要是願意售賣墨寶，那就更好不過了！」

陸尚擺手。「我就不用了，我的字不如夫人。敢問老闆說的字帖是？」

黃老闆面露喜色，忙去櫃檯後拿了一沓書帖過來，書帖有大有小，筆跡也各有差別，他給展示了兩種。「這種是書院的學生們常用的，要求高一點，價格也相對高些；這種是給小孩啟蒙用的，字體只要板正就好，需求量不大，一般只出給熟客。」

陸尚粗略翻看了一下，不是他自誇，姜婉寧的字可比他們的都要好。

黃老闆所求的，自然也是這種。「這種每帖二百文，筆墨紙張都由書肆提供。」

陸尚笑了笑。「那街上代寫書信都是兩文錢一個字，我看一張字帖上怎麼也有三百字，只有二百文嗎？」

黃老闆笑容一僵，囁嚅道：「話是如此，可陸公子，這來賣字帖的，向來只有讀書人，要是被人知道這字帖出自女子之手，陸公子你看……」

陸尚的臉色一下子就冷了下來。

他拉住了姜婉寧的手，張口就要拒絕。

誰知姜婉寧忽然扯了扯他的衣袖，而後上前半步。「五百文，我能寫得更好。」

黃老闆失聲。「府城裡的學生也才五百文一張！夫人是不是……」

姜婉寧冷肅著一張小臉。「老闆看過就知道值不值這個價錢了。」

黃老闆仍是猶疑，偏又做不到放棄，最終還是取來了紙筆。

這次的紙已經是中等宣紙，紙面平整光滑了許多。

他雖想過姜婉寧會寫得好一點，可等真看見了，卻全然說不出話來了。

「這這這……」

姜婉寧問：「這些值五百文嗎？」

陸尚探頭望去，只見紙上七、八個字，每個字的字跡不一，各有風骨。

或鐵畫銀鉤，或氣勢磅礴，或娟麗秀氣，還有當代舉子最為推崇的磚塊字。

要不是親眼所見，黃老闆實在無法想像，這些字會出自同一人之手！

「值！」黃老闆中氣十足地喊了一聲，當場拍板。「我不給妳五百文，我給妳七百文！一句一帖，夫人可寫得完？」

要是全心寫字，一天一張也不是不可能，但姜婉寧摸不準回家後有多少時間寫字，只能往最低處算。

「那就一句一張，紙筆的話……」

「夫人無須費心，紙筆都由我來提供，我每次會給夫人兩張紙，多出的那張交由夫人自行處置，但若是兩張都廢掉，恐怕也只能由夫人補錢寫帖了。」

「好。」

姜婉寧剛應下，黃老闆就去後面準備紙筆。

他出的紙張是店裡最好的澄心堂紙，整個書肆也只存了十幾張，筆墨也都是上等品，要是花錢來買，光是這兩張紙、一盞墨、一支筆，就要花上三十幾兩銀子。

黃老闆咬牙說：「我信任夫人和公子，便不押你們的東西，只希望一句過後，我能等到夫人和公子來交帖。」

姜婉寧曉得這些東西的價值，也明白黃老闆此舉有多難得，她道了謝，又小心將東西包好，擔心壓皺紙張，索性抱在懷裡。

敲定字帖合作後，黃老闆心裡還存著事，只是這件事他不好直接跟姜婉寧講。

思來想去，他眨著眼睛朝陸尚擺手。「陸公子可否借一步說話？」

陸尚對黃老闆的印象不好不壞，但看在之後還要在他家拿錢的分上，終究還是應了。

他們並沒有出去，只是去了一個離姜婉寧稍遠些的角落，不過一陣恍神，黃老闆就從背後抽出一本冊子。

「我看夫人的畫功也是極佳，我若想請夫人幫忙作畫，不知公子是否介意呢？」

陸尚敏銳地覺出不對。「什麼畫？」

黃老闆尷尬一笑，將冊子塞進陸尚手裡。

陸尚隨手翻開中間幾頁，卻見書上沒有一個字，每頁只存一幅畫。

只消一眼，便把他看愣了。

黃老闆用氣聲說道：「就是秘戲圖。」

「……荒唐！」

姜婉寧並不知黃老闆和陸尚說了什麼，只是才過了不久，便聽見陸尚怒叱一聲。

很快地，陸尚從角落裡出來，一臉的冷凝，一語不發地拽住她，連跟黃老闆告別都沒有，徑自離開了書肆。

姜婉寧被他的舉動嚇到，直到走出去好遠才問：「夫君可是與黃老闆起了爭執？那我不接他的字帖就是了。」

「跟妳沒關係，不用退回去。」陸尚的聲音裡還含著點怒意。「往後妳來他這兒送帖、拿紙，必須由我陪同才行。那黃老闆不是什麼好人，不管他說什麼，妳不要輕信就是。」
姜婉寧吶吶地說：「好，我明白了。」
陸尚猶不放心，又叮囑了一句。「有些書也不是什麼好書，妳年紀還小，不要看些亂七八糟的東西，那不好。」
姜婉寧聽得稀裡糊塗的，可看他鄭重的模樣，仍是乖乖應下。「好。」
兩人又在街上走了一陣，隨著街頭的行人漸多，也沖散了陸尚心頭的不悅。
他問了問時辰，又見頭頂的日頭越發強烈，索性停下，去找個地方吃點東西，也能躲躲陰涼。
總的來說，這鎮上和山村到底不一樣。
一到飯點，街上全是賣吃食的攤子，吃食的樣式雖簡陋單一，卻勝在量大實惠，三、五步就有一家，很是方便。
有些交不起攤位費的就挑著扁擔、揹著背簍，時不時叫賣一句，全是農家常見的吃食，兩文錢就能買一個素包子。
陸尚和姜婉寧都是不挑剔的，既然有這等又便宜、又能填飽肚子的，自然最好不過。
兩人最後買了兩個燒餅、四個素包，給錢時，姜婉寧控制不住地往陸尚的錢包那裡瞅。
原本……她也能有八文錢的。
陸尚假裝沒看見她的眼神，暗地裡卻不知偷笑了幾回，一直等把吃食買好了，他才重新把姜婉寧招呼過來。
他拍了拍腰間的錢袋，裡面的碎銀跟銅板撞在一起，叮叮噹噹響個不停。
姜婉寧的眼睛都看直了，眼裡的羨慕幾乎要溢出來。
「想要嗎？」
姜婉寧下意識說：「想！」
「那剛才給妳妳不要。」陸尚笑著，本想教訓兩句，可看著那瞬間由紅轉白的小臉，忽然又責怪不出口了。
姜婉寧頗有些惶恐。「我沒……」
「好了，沒關係。」陸尚安撫著，再次把手伸進錢袋。他低頭翻找半天，總算找出一小塊乾乾淨淨的碎銀子，上面沒有沾一點油污，陽光下反映出亮亮的光。他沒等姜婉寧拒絕，直接塞進了她手裡。「這個總乾淨了吧？」
姜婉寧沒想到，他竟一眼看穿自己的猶豫，而在這種條件下，她那點不合時宜的愛乾淨，實在有些可笑。
這一瞬間，她竟然分不清是惶恐多一些，還是羞愧更多一些。
然而不等她的神思發散，她的肩上又落下那隻熟悉的大掌，一抬頭，正好望進陸尚那雙充滿包容的眸子裡。
陸尚說：「以後我們掙到錢了，就能給妳更多，現在只有這一點，阿寧多多包涵。」

姜婉寧有些赫然，她攥緊了手裡的碎銀，莫名覺得硌手。「我不買東西，花不到錢，夫君你拿回去吧……」

「這次不買就下次買，下次也沒有買的話那就攢著。給妳的零用錢，留著吧。」

說完，陸尚低頭把錢包整理好，畢竟是兩人身上唯一的銀子，他格外小心。

姜婉寧輕抿雙唇，沒有再拒絕。

按著姜婉寧的想法，他們身上的錢不多，中午能找個吃麵湯的地方就很好了，哪想陸尚買好燒餅、包子後，竟直接去找路人打聽。

「請問觀鶴樓在哪裡？」

之後，就在姜婉寧一路的目瞪口呆下，兩人走進塘鎮商市最輝煌、最富麗的建築中。

觀鶴樓上下三層，只有最下面一層有堂廳，用來接待臨時起意的顧客，樓上兩層或是提前預訂，或是包給相熟的主顧。

門口的小二沒有因為他們衣著樸素就拒之門外，熱情地把人迎進去，還給他們找了一處靠窗的小桌。

「您二位吃點什麼？今天店裡的招牌因故取消，掌櫃吩咐了，今日凡是到店用餐的貴客，皆送一盞梅子釀，您們看除了梅子釀外，還要搭配點什麼？」

「小二有什麼推薦的嗎？我和夫人兩個人吃，不用太多。」

小二嘴皮子俐落地推薦道：「如果只是您二位，小的建議點兩菜一湯，湯品有最新出的白玉芙蓉湯，許多夫人及小姐都喜歡！」

陸尚又問：「有菜單嗎？」

「菜、菜單？」小二愣住了。「您是說什麼？」

陸尚不知怎麼解釋，又看店裡的小二都是空著手，只好改口道：「沒什麼，辛苦你給我們準備一道菜及一份湯吧。就要店裡最便宜的，能吃飽就行。」

哪怕陸尚這樣說，小二也沒有露出半分輕視。「好咧！那就一份蒜薹炒蛋、一份甜豆湯，合計一百八十文，贈梅子釀一份！」

陸尚微微頷首。「可。」

小二去後廚傳菜後，一菜一湯很快就端了上來。

小二在看見陸尚他們自帶的燒餅及包子後，更是熱心地提出能幫忙加熱，等熱好端上來，梅子釀也送來了。

「您二位吃好、喝好，有事隨時招呼小的！」

暫且不論店裡的菜色如何，光是這份服務態度，就叫陸尚讚許不已。

隨著這邊沒了外人打擾，姜婉寧終於敢說出她的疑惑，她看著桌上並不出彩的菜餚，難得覺出幾分心疼。

「夫君怎麼想到來這兒了？這個地方……我瞧著價格都不便宜，是不是太奢侈了點？」

她抓著素包，聲音小小弱弱的。

換作以前，姜婉寧哪裡敢對陸尚的決定說三道四？許是陸尚這幾天的好脾氣給了她膽量，有些時候她也敢說話了。

陸尚抬了抬食指。「噓——」他用目光向旁邊示意。

姜婉寧疑惑地看過去，雖然還是不明白，但看陸尚認真的樣子，也沒繼續問下去。

很快地，姜婉寧就明白陸尚的用意了。

越是人多的地方，越是有著大量消息的流通，而飯館、酒樓，更是談生意的最佳場所，從古至今，向來如此。

至於過程中或許會受到的輕視、白眼，只要目的能達成，陸尚並不在意這些。單是早些年他受過的白眼，那是數都數不過來的。

他們所在的位置三面都有人，周圍幾桌用餐的人看著不似富貴人家，但看打扮，也多是行商走商的。

果然，陸尚耳尖地聽到——

「今年北方一帶流行黃梨木，我在南邊找到幾個不錯的山頭，倒可以大批收購再轉賣……」

「要是不嫌時間長，我倒是覺得出海的利潤最大，明年開春商船就回來了，我聽京中的親戚說……」

他們的聲音不高不低，沒透露太多，可就是這一點苗頭，也足夠讓陸尚靈感噴湧。

姜婉寧更是恍然大悟，她一邊聽著，一邊給兩人盛了甜豆湯。

正當兩人聽得認真時，卻見酒樓門口彷彿起了爭執。

與此同時，一個身穿錦袍的中年男人匆匆走下樓，一邊快步往門口去，一邊小聲呵斥著身邊的小廝。「我不是說了不要他家的鴨子了嗎？人來了打發走就是，在門口鬧騰什麼！」

小廝連聲道歉。「掌櫃的對不起，我們也攔了，可他們就是不肯走。我看有顧客受了驚，只好請您下來處理。」

陸尚和姜婉寧一同看向門口，這才發現堵在門口的不光有人，還有一群撲稜著翅膀的白鴨。

酒樓的掌櫃一邊往外走，一邊跟被驚擾的客人道歉。

只是這麼一路走下來，大廳裡用餐的客人全被門口的動靜吸引了，有那實在好奇的，索性湊過去看個清楚。

陸尚他們旁邊的幾桌也停下了交談，不約而同地望過去。

正這時，姜婉寧聽見背後有人說——

「觀鶴樓的招牌不就是避風塘脆皮鴨嗎？剛才我想點，小二說店裡沒了鴨子，這才送梅子釀。」

「外頭的就是來送鴨子的吧？怎麼不讓進了……」

後面的議論聲就小了下來，眾人全伸長脖子看向門口的熱鬧。

姜婉寧看陸尚也關注著，便小聲把聽來的議論給他講了一遍。

掌櫃眼看事態鬧大，索性叫小二將外頭的情況跟大夥兒說明一下，而他則負責去跟外頭的老漢交涉。

小二不知從哪裡找來個銅鑼，噹噹地敲了兩聲，將所有人的注意力都吸引過去，而後先是連著作了三個揖，又賠了罪。

「不敢欺瞞諸位，觀鶴樓的招牌名菜便是避風塘脆皮鴨，店裡的熟客應該知道，小店近日一直缺少這道招牌菜，其緣由便是供貨的農家出了問題。

「小店所有鴨子全是散養的肉鴨，經由百日精心飼養，挑選出其中上品，方可入菜，而這供貨的農家，更是由東家親自考察選定的，方圓百里只這一家。

「可就在上月，由於農戶運輸不當，使得大批鴨子死在路上，雖然他們又回鄉運了新鴨，但為了保障諸位貴客的安全，小店一直未肯接受。

「之後小店將取消與其合作，另尋新的合作商戶，在此期間帶來的不便，還請諸位海涵，待掌櫃向東家稟明情況後，小店定會做出相應的補償。」

就算許多人來此便是為了嚐一嚐他家的招牌，可菜品的有與無，說到底還是人家店裡的事。

單是補償給每桌的梅子釀，平日裡單買也要五、六十文錢了。

而這等為了眾人安全考量的行為，他們更是說不出苛責的話來。

「我還當什麼事呢，好說好說，沒什麼大不了的！」

「可惜了，來了兩次都沒吃上店裡的招牌，只能等下回了。」

隨著小二說明情況，大多數人的注意力都收了回去。

而掌櫃也把門口的人引去了別處，風波很快平息。

只有陸尚摸著下巴，揚手把小二叫了過來，狀似好奇地問道：「你剛才說鴨子在路上死了，是怎麼死的？」

「嗐，還不是農戶非要趕夜路，結果把驢車駕進了溝裡，等爬上來後鴨子少了大半，剩下那些沒過兩天又染上了病，這才全沒了。」

「那他們耽誤了酒樓的生意，對酒樓有什麼賠償嗎？」

「賠償？」小二愣了一下，再看陸尚的眼神就有點不對勁了。「雖說這是他們大意導致的，但農戶的損失也不小，再跟他們要賠償有些不人道吧？」

陸尚笑笑，沒有再問。「麻煩你再給我們添一道甜食，分量不用太大，打包帶走。」

「山楂糕可好？三十文一份。」

「可。」

自從上了菜後，兩人不是在聽旁邊說話就是在聽外面的動靜，桌上的菜只動了幾筷子，連甜豆湯都涼了許多。

陸尚心情正好。「先吃吧，等掌櫃回來我去跟他說點事，要是順利的話，一會兒就去買東西回家。」

姜婉寧點點頭，不覺加快了幾分用餐的速度。

說來也巧，等他們吃飽喝足了，掌櫃正好從外面回來。

陸尚不放心留姜婉寧一人待著，只好把她帶在身邊，然後跟上掌櫃的步伐，在他將要上樓的時候，出言把人叫住。

掌櫃轉身，看見陌生面孔時有些不解。「二位是？」

陸尚款款施了禮。「我觀貴店貨源似是出了點問題，鄙人不才，或能提供一二幫助，不知掌櫃可有時間，借一步說話？」

店裡的招牌斷供，掌櫃正煩著，還不知如何應對東家的問責，他看陸尚兩人的模樣，不覺得他們能提供什麼有用的建議，因此並不想在他們身上多浪費時間。

然不等他拒絕，陸尚又說——

「左右不過半刻鐘，掌櫃何妨聽一聽呢？」

掌櫃沈默片刻後，側身道：「二位請。」

在掌櫃的帶領下，一行人去了二樓最裡側的雅間。

能把酒樓開成鎮上最大，自有其出彩的地方。

在一樓時或許不顯，但一到上面，無論裝潢還是小二，明顯都多了幾分貴氣，就連小二的衣裳都換成更明麗一點的天藍色。

人都請進來了，掌櫃也就把人接待好，該有的禮數一樣不少。

等幾人落坐後，掌櫃單刀直入地問：「敢問公子所說的辦法是？」

「我先前聽店裡小二說，貴店貨源皆由供貨農戶運送，可否想過雇用專門的人負責採購運輸？」

掌櫃皺了皺眉，對他的說法不置可否。「公子大概是誤會了，觀鶴樓的供貨源由農戶運送，只是因為店內需求不大，並無雇傭專人的必要。」

「可掌櫃也看見了，但凡農戶出一點事，店裡會直接受到影響，這次只是運輸路上出的問題，要萬一是農戶家裡出問題呢？如今盛夏，家禽牲畜這些最容易出問題，稍微一個不注意，或許就會染上瘟病。」

「公子想說什麼？」掌櫃的眸光凌厲了幾分。

陸尚輕笑一聲，以茶代酒，敬了掌櫃一杯。

「在下是想問問掌櫃，可有尋找中間商的打算？貴店只管提出要求，之後尋找貨源也好、運送貨物也好，皆由中間商負責。」

掌櫃一開始沒明白，聽了他後面的話就頓悟了。「公子是說間人吧？我還是前面那句話，店裡的貨物需求量並沒有多到需要請間人的程度，我們明明可以只給農戶錢，何必再分給間人一份呢？」

陸尚搖搖頭。「非也。我的意思是，間人不僅是買賣雙方之間的紐帶，同時還會承擔雙方的全部風險。就像這次農戶押送路上的意外，從農戶將貨物交給我的那一刻開始，路上的所有問題，全部由我負責。只要是在運送途中出現的問題，無論是買方還是賣方，皆由我包賠。」

「包賠是指？」掌櫃心裡咯噔一下。

陸尚說：「以上月的鴨子為例，若這些鴨子價值十兩，因為我方運送不利導致的損失，我方會照價賠償給農戶十兩，而對貴店造成的影響，也會估算價值後，分毫不差地賠償給貴店。」

「公子可知道，鴨子興許不值錢，但到了店裡，造成的損失便是上百兩不止啊！」

陸尚屈指敲了敲桌面。「掌櫃之前付的那些間人費，不就是為了這種情況下的賠償嗎？」

要是按照陸尚的說法……

掌櫃不禁盤算了一下，若是他心黑點，故意製造意外，這麼多來上幾次，光是靠著賠償，也能填補酒樓的損失了。

陸尚抬頭，眼中鋒芒乍現。「陸氏物流，講究的便是一個準時便捷，而包賠服務，便是對客戶最大的保障。」

掌櫃一時間被他唬住了。「敢問公子，這陸氏物、物流，是哪家的生意？」

陸尚微微一頓。「掌櫃先不用關心這些，您只說，這間人到底有沒有必要？」

「有必要、有必要！」掌櫃忙不迭地點頭。「可否請公子引薦一下陸氏物流的負責人？」

陸尚有點發愁，他要怎麼跟掌櫃說明，陸氏物流如今只他一人呢？

平白無故、素不相識的，單憑他空口白牙，就叫掌櫃把整個酒樓的採購交給他一人，莫說他只是個沒什麼背景的農家子，就算是某個大官的兒子，一人也辦不成好幾個人的事。

換位思考一下，陸尚更不敢說陸氏物流當前只有他一人了。

他正思量著怎麼忽悠掌櫃先簽上三、五個月的合同，等把事辦好、辦俐落了，到時也不怕他們再質疑，這生意也就能做起來了。

可還沒等他想好怎麼說，門口突然響起一陣敲門聲，而後便是小二的聲音響起——

「福掌櫃，少東家來了！」

聞言，福掌櫃猛一下子站了起來，面上才有的兩分喜色頓時散了個乾淨。

他雙手在長袍兩側使勁搓了搓，拍了拍臉，方才迎上前去。

第六章

門一開，只見一個星眉劍目的男子站在最前，後面除了小二，另有兩個隨身伺候的小廝。

福掌櫃鞠躬作揖。

「少東家大駕，福某有失遠迎。」

被稱作少東家的男子微微頷首，繞過福掌櫃徑自走進去，到了屋裡才發現裡面還有兩人。

少東家腳步一頓，用目光向福掌櫃示意。

福掌櫃就怕被東家問責，好不容易見到點將功贖罪的希望，更是一刻也不敢耽誤。「回少東家，這位是陸氏物流的……呃？」

福掌櫃這時才意識到，他跟對方聊了那麼久，還不知道對方的名姓！

陸尚站起身。

「鄙姓陸，單名一個尚字，聽聞貴店因供貨農戶運送不當，導致店裡招牌斷供已久，特來問候。」

福掌櫃將陸尚說過的包賠服務跟少東家講述了一遍。

陸尚偶有補充，不一會兒就把他的生意介紹明白。

顯然，這位少東家要比福掌櫃精明多了。

少東家一開口便問：「我怎麼從沒聽過塘鎮還有個陸氏物流？這陸氏該不會只閣下一人吧？」

陸尚張了張口，有心忽悠過去，思慮良久，最終還是拱了拱手。「少東家慧眼。」

暫且不論少東家是何想法，反正福掌櫃聽了陸尚這話，臉色一下子就寒白了。

他簡直不敢想，要是他腦袋一熱，答應了與陸尚的合作，誰知道等著他的是包賠，還是捲款沒了人？

「少東家，不是……我——」

少東家一抬手，止住了福掌櫃的辯解。也不知是哪個點戳中了他的心思，陸尚這只有一人的生意，反倒引起了他的興致。

他在先前福掌櫃的位子上坐下。「在下馮賀，陸公子想和觀鶴樓合作，這自然不是問題，只是我如何信你？」

陸尚眉心一動，臉上的笑容一下子真摯起來。

「少東家說得是，經商一途，最重要的就是一個信任，但老話說得好，富貴險中求，有些東西不試上一試，根本不知道這個東西有多好。就像我提供的間人服務，少東家試了，往後的生意省時省力不說，萬一有個意外，也能將損失降至最低。再說了，我既然做間人，酒樓能做，其他行當當然也可以。」

馮賀的目光越發幽深起來。「其他行當……我若找鏢局押鏢，不也能保證貨物的安全嗎？」

「鏢局能替少東家聯繫貨源嗎？鏢局能替少東家談到更低的進貨價嗎？鏢局能同時賠償買方和賣方的損失嗎？少東家不妨看看，整個塘鎮，可有比我服務更周到的？」

談生意嘛，無非一個老王賣瓜，把自己誇得讓對方心動了，這生意也就八九不離十了。

馮賀摩挲著腕上的佛珠。「那這間人的費用？」

「一成。」陸尚果斷道。「單筆貨物全部金額的一成，便是我的間人費。」

馮賀被氣笑了。

「一成費用？那我買了一千兩的東西，還要另外支付給你一百兩？陸公子不覺得口氣太大了嗎？」

陸尚幽幽地問道：「少東家怎麼就知道，我不能把原本一千兩的東西，給您談成九百兩呢？」

這種情況確實是馮賀沒想到的，他錯愕良久，終是失聲大笑。

馮賀乃家中獨子，卻自幼不喜經商，幼時癡迷聖賢書，家中老父還能誇他兩句，可連考五年，他連鄉試都過不去，老父年紀漸長，精力也不足以應對生意，便勸著他接手家中生意。

然而馮家的生意不僅只塘鎮這一點，日日與合作對象打交道，實在叫他精疲力竭。要真如陸尚說的那樣，能幫忙聯繫貨源，負責合作運送等一切事宜，那他豈不是能騰出大把大把的時間，重新將精力放回到讀書上？

莫說只是一成，陸尚要是真能做得跟他說的一樣好，就是兩成、三成的費用，他也是願意付的！

陸尚根本不知道他錯過了什麼，看見馮賀意動，便乘勝追擊道：「就拿觀鶴樓的肉鴨來說吧，我聽福掌櫃說準備更換供貨農家了，不如就將這尋找農家的事交給我，小小試上一試呢？」

馮賀沈默良久，好半天才問：「問人費怎麼算？」

陸尚的笑容變大。「好說好說！少東家只需預付貨款，問人費可以等貨物收到時再結。」

寄付與到付的區別，若是能取信於人，陸尚是無所謂的。

福掌櫃終於忍不住了，出言勸阻。

「少東家，這貨款也是一筆不小的數額，您要是直接交給這位陸公子，誰知道……」他會不會跑了？

陸尚說：「在下就住在陸家村，您二位去村裡問，很容易找到我。」他話題一轉，問道：「我剛剛在下面時看見有人送了許多滷味來，那應該也是觀鶴樓的菜色吧？」

福掌櫃不明所以，點點頭。

「是，一些下酒菜。」

「那我用一份滷味方子作抵押，如何？」陸尚找他要了紙筆，捏了捏姜婉寧的手指，附耳說了幾句。

姜婉寧自到了這間屋子後就少有存在感，直到她提起筆，馮賀才給了她幾分注意。而很快地，他的注意力就徹底落到她身上，甚至叫他一度忘了男女之別。直到她寫完方子，陸尚又側身在她面前擋了擋，馮賀才如夢初醒。

馮賀耳邊染上一點紅，不自在地問了一聲。「這位是……」

「這位是我的夫人。」陸尚說著，笑意卻不達眼底。

「啊？」

馮賀面上一窘，想到他剛才的表現，頓時羞得不行。

因這點誤會，馮賀也沒心思打聽她的字師從何人了，光是待在兩人跟前，他都覺臊得慌。

他之前的冷靜碎了個乾淨，趕緊叫福掌櫃取了錢來，商量好交貨的最晚日期後，盡快把人送了出去。

直到陸尚兩人出了酒樓，馮賀才回過神來，一拍腦袋。「對了，那個陸公子不是說是陸家村的人嗎？你找人去打聽打聽。」

五百兩銀票都給出去了，這時候才想起來打聽人？福掌櫃心中腹誹，面上卻是不顯。

「是，我這就差人去問。」

陸尚身揣五百兩鉅款，只覺得整個人都不一樣了，對馮賀這個給錢的金主也是好感倍增。

如今已是午後，街上的人又多了起來，陸尚怕被人流給沖散，索性拉住了姜婉寧的手。

他笑道：「錢有了，生意也有了，我之前不是說給妳買新衣裳嗎？正好，連同搽手的藥膏，我們一塊兒去買了。」

他和馮賀約定的期限是整一個月，時間雖不算長，可也不差這一日兩日的。

反是姜婉寧跟他跑了一天，又是接字帖、又是替他寫方子的，合該買點新鮮玩意兒哄小姑娘高興。

姜婉寧心頭一動，不知怎的，忽生出幾分不一樣的情緒。

塘鎮售賣衣裳、首飾的鋪子都在棠花街上，這條街也是鎮上夫人、小姐最常來的地方，一轉角，街上的顏色都不一樣了。

只見街道兩邊的店鋪外都掛著彩色的旗子，旗子上用黑、紅兩色寫著店名。

更有一些賣成衣的裁縫鋪，直接把做好的衣裳擺在外面，五顏六色，迎風而動。

陸尚對女子的服飾本就了解不多，而古代樣式更是讓他看得眼花撩亂，單是這一條街，他也挑不出哪個好、哪個壞。

半晌後，他只好無奈地道：「阿寧喜歡什麼便自己挑吧，我實在看不出來了。」

姜婉寧本以為他說買新衣、買首飾只是嘴上說說，直到站到了棠花街上，她才體會到幾分真實感，與此同時，還有幾分無措。

「我……我不用買衣裳。」姜婉寧緊緊抓著剛得到不久的小半塊碎銀子，猶豫許久，還是捨不得把錢花在這等無關緊要的地方。「還是把錢留著買藥和別的吧，你的藥家裡要常備著，每次抓藥都是一筆不小的開銷，總不能一直叫奶奶掏錢。再說，我們還沒賺到多少錢，這麼全都花出去，萬一……」

前者只是次要，姜婉寧更怕他們把錢花出去了，後面若賺不回來，耽擱了跟觀鶴樓的生意就不好了。

陸尚清清楚楚看見了她眼中的擔憂，心中更是淌過一股暖流。

他並沒有透支消費的習慣，提出買新衣、買首飾，也只是因為之前答應了姜婉寧，今天又一連談成了兩筆合作，心裡實在高興罷了。

他的這點興奮，在姜婉寧拒絕的時候就散掉一半，等拉她去了客人最多的錦繡坊後，一問最便宜的一件雲衫都要二十五兩銀子，他的半顆心都涼了下來。

被擠在一眾女眷中間，陸尚不死心，手一指。

「那疋水粉色的布呢？」

店裡的夥計一拍手。「公子好眼光啊！那可是從水鄉傳來的文錦，整個錦繡坊也只進了十疋，我看您也是真心喜歡，就算您一百三十兩一疋吧！」

「噗哧——」姜婉寧看著陸尚瞬間灰敗下來的臉色，實在沒忍住。迎著夥計和陸尚兩人一同望來的目光，姜婉寧忙擺擺手。「沒事沒事，我家夫君指錯了，我們是想要旁邊那疋月白色的棉布。」

夥計一看。「夫人也好眼光！那疋棉布是店裡賣得最好的一疋，料子柔軟舒服，關鍵是價格也不貴，一尺只需要十八文錢！」

十八文也不算多便宜，但比起陸尚一眼看見的文錦，確實物美價廉了。

姜婉寧說：「我們就要那個，扯三尺可以嗎？」

「好的，夫人稍等！」夥計應了一聲，尋來捲尺，麻利地把布扯出來，又用一塊碎布條捲好。

不等陸尚給錢，姜婉寧已經把自己那一小塊碎銀遞過去。

除去布疋的錢，又找回來十二文。

「夫人您收好。」

「好，謝謝。」

陸尚雖不知姜婉寧如何又變了主意，但看她買了東西，心裡同樣高興。

等從錦繡坊出來，他緊接著又塞了一塊碎銀出去。

「怎麼？」姜婉寧愣住。

陸尚笑說道：「妳拿著，看看還需要什麼。」

姜婉寧眼角一彎，聲音輕快地應下了。

只是之後的路上，她時不時地向陸尚投去打量的目光，從兩肩到腰臀，仔細估算著尺寸，再思量要做什麼款式好。

月白色本就是個中規中矩的顏色，男裝也好，女裙也好，皆可以。

而棉布雖算不上極上等的材質，但要是拿回陸家村，也是很不錯的料子了，就是鎮上一些較好的書院，院服也是同等級的布料。

陸尚不知姜婉寧心中所想，只一路走到棠花街盡頭。

要是給女眷買東西，胭脂水粉、衣裳、首飾，所有能想到的，在這條街都能找到，貴的或便宜的都有。

考慮到家中條件，姜婉寧說什麼也不肯挑首飾了。

便是陸尚要給她買胭脂水粉，也被她笑著含糊過去。「胭脂便罷了，在村子裡，哪有婦人搽脂抹粉的？」

「妳喜歡的話，管旁人做甚？」陸尚並不在意外人說道，無非是顧慮著姜婉寧的心情，這才不再強求。

只是沒買首飾和胭脂的錢，到最後也沒省下。

陸尚找了間有名的膏脂鋪子，塗手的、抹臉的，甚至是刷牙的牙粉，一樣不缺地買了一套。

他叫店家把東西裝好，盡數給了姜婉寧。

「這些妳拿著，等回去了直接帶進房間，妳留著自己用。店家說了，搽手的油膏要常用，只要沾了水就要塗一遍，沒太大問題的話，妳便少碰水，有什麼事叫我來，先把手養好再說。這一套先用著，用完了我再買給妳。」

這幾件膏脂花了整整二兩銀子，要不是陸尚提前去錢莊提了五兩出來，光是一小盒搽手的油膏，就能把兩人身上的錢掏空。

姜婉寧抱著滿懷的東西，半晌才重重點頭。

「嗯！」

從棠花街出去後，兩人便沒了其他目的。

陸尚原本想找賣滷味的攤子看看，如今滷味方子都押了出去，自然也沒有觀摩借鑑的必要了。

兩人七彎八拐的，費了好大勁才走到最熱鬧的市集，望著街上琳琅滿目的商品，採購之前，只得先花三文買了個竹筐。

之前裁的棉布墊在竹筐最底下，然後擺上膏脂，被陸尚提在手裡。

從書肆領來的筆紙實在珍貴，姜婉寧就怕弄髒弄皺了，只好繼續抱著，有時人群擁擠了，還要先去旁邊避一避。

這個市集裡的攤位很多，賣的東西也有許多重複。

旁人或許會挑得眼花撩亂，但到了陸尚這兒，無疑就是貨比三家了。

就像剛一進集市的那家豬肉攤，一斤豬肉賣到十二文，可再往裡走走，同樣的一塊肉，人家只要十一文。

「這樣，我要三斤肋排、兩斤肥肉，老闆給抹個零頭吧？」

陸尚熟練地講價，與前些年那個端著一身清高的書生簡直截然不同。

姜婉寧沒見過他的書生模樣，卻見多了他滿身的陰沈死氣，有那麼一瞬間，她彷彿瞧見了陸尚身上的另一道影子。

可不等她辨認個清楚，陸尚已然回頭。

璀璨陽光下，陸尚面上的笑容格外燦爛，他抬了抬手，露出手上的一大包油紙。

「我添了三文錢，老闆送了一套豬下水！等回去我給妳做豬雜湯吃，這樣還要添些調味料……」

兩人有說有笑，從後面看來，便是一對極襯的小夫妻。

除了豬肉外，他們還買了五斤白麵和三斤大米。

集上有在賣自家種的蔬菜，三、五文錢就有一大把，綠油油的菜葉看著頗喜人，陸尚一個不小心，便買了足足半筐，要不是姜婉寧攔著，他還想繼續買。

「這些菜村裡都有，鄰里之間賣得更便宜。再說，夫君你買那麼多，家裡吃不完都不新鮮了。」

陸尚摸摸鼻子。「那不買了。」

買不了蔬菜，還有其他可以買。

菜、蛋這些村裡都有賣，豆腐、豆乾等豆製品也能尋到，也就是一些少見的日用品，或者哄小孩高興的小玩意兒，才有幾分購買的價值。

只是想到陸光宗、陸耀祖他們的脾性，陸尚不禁撇撇嘴。

「不給他們買，什麼時候聽話了再說吧！」然而一轉頭，他忙招呼姜婉寧過去。「妳看看這小兜，是不是能給陸顯家的小閨女用？吃飯時正好圍在脖子下頭。」

姜婉寧瞧了一眼。「是正好能用到，夫君要是喜歡，我做給她就是。」

「妳會做？」陸尚發現了，每隔一段時間，姜婉寧都能給他不一樣的驚喜，這簡直比談生意還叫人期待。

姜婉寧在心裡算了算，又說：「剛才扯的那塊布做完衣裳還有剩料，正好可以給她做兩件圍兜兒。」

「那敢情好！」陸尚很開心。「那就不買了，省下的錢給妳買糖果子吃！」

姜婉寧下意識想說不用，可話到了嘴邊，卻莫名懷念起糖果子那甜漬漬的滋味，她饞得厲害，默默嚥下了拒絕。

陸尚並沒有察覺到她的小心思，而自他嘴裡說出的話語，向來都沒有食言的，哪怕他們的行程較趕，他也在離開前買了兩個糖果子。

做菜的香料比較昂貴，好在所用不多，七七八八加起來，花銷也就那樣，尚在可承受的範圍內。

按姜婉寧的想法，他們最好再去醫館裡抓些藥備著，但陸尚對他的健身體操格外有自信，說什麼也不肯浪費這筆錢。

買足了這些東西，天色已經不早了。

姜婉寧適時地提醒了一句。「該回了，不然恐怕無法在天黑前到家了。」

「那就走吧，我這段日子應該會常在鎮上往來，有什麼缺的、少的，我再帶回去就是。」

想到陸尚與觀鶴樓的合作，姜婉寧了然。

等兩人抱著紙筆、揹著背簍趕到城門外的時候，趕車的龐大爺已經等在老地方，要坐牛車回村的人也大都回來了。

陸尚正好看見清早打過招呼的許二叔，他筐裡的獵物已經沒有了，看他臉上的笑容，想必是賣了個不錯的價錢。

隨著陸尚和姜婉寧走近，眾人的視線一同望了過去。

再看見他們帶回的許多東西，那目光便更加複雜了。

「陸秀才回來了！」龐大爺原是蹲在牛車旁數螞蟻的，一抬頭頓時變了表情，熱情地幫他們把竹筐抬到車上，擺手間又是拒絕了他們兩人的車錢。「趕明兒我送我那孫兒去你家上午行嗎？」龐大爺再確認了一遍。

陸尚想了想。「過了晌午吧，叫孩子做做準備。」

「好好好，那就過了晌午，我一定準時把孩子送過去！」

等最後一個回村的人趕到，牛車便緩緩駛離塘鎮。

在塘鎮待了一整日，拋去和書肆、酒樓的生意不談，光是陸尚和姜婉寧帶回去的東西，就叫同車人豔羨不已。

「這是衙門又發了月錢吧？怪不得都喜歡把孩子送去唸書，要是我家孩子也能考上秀才，我也送他去！」

「你就算了吧！咱們這周邊三、四個村子，也就陸家村出了個陸秀才，你家小兒七、八歲了還在泥巴裡打滾，可是讀書的料？」

牛車上的人聊著聊著，就說起送孩子唸書的事。

但就像許二叔說的——

「唸書就算了吧，太費錢，唸半天也唸不出什麼，還不如趁早學一門手藝，好歹不會把錢全打了水漂。」

而願意砸鍋賣鐵供一個讀書人的，挑遍整個村子，也不一定能挑出一家來。

也就是陸尚從小聰明，每逢考試皆是一把過，早早成了童生，叫家裡有了希望，才肯咬牙供下去的。

陸尚但笑不語，只是不時看姜婉寧一眼。

姜婉寧被瞧得莫名其妙，悄悄打量著自己，還以為是哪裡不得體了。

傍晚時分，牛車終於回到陸家村。

讓人意外的是，這個時候家裡人竟然都在。

王翠蓮和馬氏在廚房裡忙碌著，陸老二則帶著幾個兒子在圍牆邊不知折騰些什麼。

陸奶奶倒是得閒，但她等在門口不住地張望著，要論心裡的操心，一點兒不比其他人少，尤其是天光漸暗後，她漸漸有些坐不住了，轉頭跟院裡人問一句。

「要不我去村口迎迎尚兒他們？這都走了一天了，還不見影子……尚兒自從過了年還沒怎麼出過家門，婉寧也從沒去過鎮上，這萬一迷了路，可怎麼好？」

陸奶奶越尋思越是不得安心，不等得到回聲，已經準備出門找了。

就在這時，只見蜿蜒的小路上出現了兩道熟悉的身影，兩人一前一後，前面的人不時還會停下腳步等一等。

陸奶奶踮著腳張望了下，面上忽然出現了喜色。

「尚兒回來了！」她大聲招呼了一聲，緊跟著就小碎步跑了過去，早早跟陸尚碰了面。她不在意陸尚兩人帶回來的許多東西，只顧著檢查大孫子身上有沒有磕碰，見一切都完好，才拍了拍胸口。「可算回來了……」

陸尚把背簍挪到肩上，一手撐著竹筐，一手扶住了陸奶奶。

他回頭看了姜婉寧一眼，這才跟陸奶奶說：「回來了、回來了，叫您擔心了！您等我們很久了吧？鎮上實在是太繁華了，我一不小心就看花了眼，多虧阿寧提醒我，不然怕是要誤了回來的時辰呢！」

「沒事、沒事，回來就好了。」陸奶奶沒在意，只是聽到姜婉寧又立了功，少不了再添一點好感。她走出去幾步才想起來回頭，擺擺手招呼道：「婉寧快來！妳出去一天，肯定也是累了。」

姜婉寧稍稍勾出一點笑，快步湊到了陸尚身邊，順口回答道：「都還好。」

哪想陸尚緊跟著就說：「對了奶奶，阿寧還給您買了點心呢！趁點心還酥著，您快來嚐嚐！」

「哎喲，這還記掛著我呢……買什麼點心，淨是浪費錢，我一個老太太哪吃得起這麼金貴的玩意兒？你們有錢給自己買吃的就好了，別浪費這個錢……」她嘴上說著浪費，可面上的笑容卻是越發深刻了。

姜婉寧更是寬慰道：「您先嚐嚐，要是覺得好，我嘗試著做一做，以後在家裡也能做給您吃。」

「婉寧還會做點心啊？」陸奶奶很驚訝。

姜婉寧遲疑片刻，小幅度地點了點頭。「之前在家裡學了一點，做得不精細，您不嫌棄就好。」

陸奶奶恍然想起，她這個孫媳婦兒可跟村子裡的小娘子們不一樣。

她吶然地點了點頭，張了張口，最後卻也沒多說什麼，轉頭繼續跟陸尚說話，只時不時會捎上姜婉寧兩句。

等幾人走到家門口，陸家人全迎了上來。

王翠蓮看見陸尚肩上的背簍後，誇張地叫了一聲。

「這麼多東西，可花了多少錢啊?!」

在陸家生活了這麼多天，陸尚對家裡人的脾性也摸得差不多了，面對王翠蓮的一驚一乍，他只是笑笑。

「沒幾個錢，多是筆墨紙硯，我唸書要用的。」

果不其然，此話一出，王翠蓮再也說不出一個字。

陸老二作勢要把背簍接過，陸尚不動聲色地避了開，徑自走到廚房，把上面的菜肉和點心拿出來，又藉著身體的遮擋，把背簍和裡面剩下的東西全遞給姜婉寧。

「剩下的都是我唸書的東西，阿寧先幫我放回房裡吧。」

其餘人都被地上的鮮豬肉吸引住了，一時間並沒能分出心思去探究筐裡的東西。

王翠蓮倒是好奇，然不等她問，姜婉寧看都不看她一眼，一溜小跑地回了房間。

「……小ㄚ頭片子，可千萬別叫我逮著妳，不然有妳好果子吃！」王翠蓮嘀嘀咕咕地唸著，朝著姜婉寧離開的方向啐了一口，最後一個走進廚房。

廚房裡，四個小的已經圍在桌邊等著分點心。

陸奶奶也笑吟吟的，嘴上說著「慢點、慢點」，動作上卻沒有一點制止的打算，看陸曉曉被擠出去了，還把她拽過來攬在懷裡。

王翠蓮一開始沒看見，等看清分的是什麼東西後，一下子就炸了。「這是在幹什麼呢？我說哪個好人家不過年、不過節的買點心吃啊！就這麼一小塊點心，怎麼也要七、八文錢吧？咱家可不是有錢人家，哪能這麼吃……」

這一包點心花了三十文，裡面只有六小塊。

三十文錢的點心最多嚐個新鮮，要是換成三十文的豬肉，那可就是一家人六、七天的口糧。

王翠蓮的咋呼不無道理，可這本是一家人高高興興的事，她的行為無疑將所有歡喜都攪散了。

王翠蓮有些生氣。「這也不說親、不擺席的，平白買點心幹什麼？上次我親弟弟成親，我說了那麼久，也沒見你們給添包點心，怎麼現在就有了？不許吃，聽到沒有！」

啪！王翠蓮一巴掌搧在陸秋的手背上，疼得她頓時將手縮了回去，眼裡很快就盈滿了淚水。

說到這兒，陸尚總算明白了她突如其來的爆發是怎麼回事了。

但涉及到上一輩的事，陸尚也不好多嘴。

陸老二卻皺起眉頭。「吃一回點心怎麼了？上次妳娘家弟弟成親，妳要點心我是沒給妳，可那不是因為我給添了雞蛋跟紅糖嗎？我添了那麼多東西還不夠，妳就非要記著那包點心？再說了，尚兒就是買了又怎樣了？他是吃獨食了還是怎地？這不也拿出來給一家子分了嗎？」

接連幾句責問，叫王翠蓮一下子瞪大了眼睛。「陸老二！你什麼意思？」

許是被她尖利的嗓音驚住了，陸老二的氣勢頓時弱了幾分。「我什麼什麼意思？是妳什麼意思……」

「我今兒就要問個清楚！」王翠蓮將矛頭指向陸尚。「陸尚，你說你是去鎮上買紙筆的，行，你能考上秀才，我不敢攔著你！可這些點心又是怎麼回事？還有那些肉和菜，你買那些做什麼？」

陸尚的表情已經徹底淡下來，他把陸秋被拍掉在地上的點心撿起來，安撫地拍了拍她的後背。

他並沒有看向王翠蓮，半晌才說：「我可能是沒說清楚，這回去鎮上，阿寧在書肆接到了活兒，書肆的老闆提前付給她一半的報酬，她看家裡少有葷腥，這些都是她用自己的錢，買來補貼家裡的。」

他在「自己的錢」上加了重音，說完後才抬起頭，雙眼定定地盯住了王翠蓮。

「什麼？」王翠蓮的眼睛再一次瞪圓了，彷彿被澆了一頭冷水，周身氣焰一下子被澆滅了。「那不可能……絕對不可能！她要是那麼厲害，當初還能三兩銀子被我買回來？肯定是你在說謊，故意替她遮掩！」

王翠蓮自覺看透了事情的本質，咬死了不放，連帶躲去屋裡的姜婉寧都受了牽連。

她作勢要把姜婉寧揪出來，然不等走出廚房，卻聽身後傳來一道有氣無力的輕喝——

「慢著！我說的是真是假，二娘不會自己看嗎？」話落，陸尚將懷裡的幾塊碎銀子全部拍在桌上。

銀子零零散散地滾到桌邊，叫人看得心頭一顫，忙伸手去擋。

陸尚咳了幾聲。「這裡是一兩四分錢！書肆提前給了三兩的訂金，除去買菜、買肉和紙筆的錢，還剩下這些！聽書肆的老闆說，等阿寧把活兒交回去，還有三兩尾款。旁的不說，我就想問問，家裡有誰能一下子拿出來這麼多錢？」

外人還能猜陸尚是不是新發了月俸，但陸家人卻很清楚，衙門的月俸向來是在月底發的，還經常有不發的情況。

眼下距離發放月俸還有些時日，而家裡前些時候淨是花錢，想湊出一兩銀子都難，何況還能買來這麼多東西。

一時間，幾乎所有人都信了陸尚的說辭。

王翠蓮心裡信了大半，嘴上卻還硬著。她要是這個時候低頭服軟，豈不是說她剛才是在無理取鬧？

只是這一次，陸老二的忍耐到了極點。他一下子把她拽去後面，用力推搡了幾把，直接把人推出廚房。

「妳給我滾，別留在這兒丟人現眼了！」

「我——」

王翠蓮臉上一陣紅、一陣白，仍想爭辯些什麼，可看陸老二抬起巴掌，身子一抖，只得先回房。

隨著王翠蓮的離開，廚房恢復了短暫的平靜。

陸奶奶看看桌上的碎銀，又看看逆著光的大孫子。家裡有了錢，她合該高興的，然實際上，她心裡更多的還是惶恐。

——姜婉寧能掙錢了，且掙得比所有人都多，一人就能頂上全家人！

這事出現在任何人家，都是值得炫耀的，唯獨到了陸尚房裡，陸奶奶只怕她發達了，從此掙脫了約束。

萬一她非要鬧著和離，誰來給她的大孫子沖喜？

陸奶奶囁嚅道：「尚兒啊……」

陸尚回過頭，平息了一下氣息才問：「怎麼了？奶奶您說。」

「你說……這錢都是婉寧賺到的啊？」

「是啊，怎麼了？」

「我是想著……」陸奶奶忍不住摳弄著衣角。「她畢竟是個婦人，能照顧好家裡就很好了，這掙錢的事……」陸奶奶實在愁得很。「她手裡有太多錢，萬一跑了可怎麼辦？」

「不——」

「我沒留錢。」

門口的聲響和陸尚的聲音一同響起。

轉頭一看，姜婉寧不知在外面站了多久，又聽見了多少。

姜婉寧扯了扯嘴角，慢吞吞地走進去，說道：「奶奶您別擔心，我掙的錢都交給了夫君，我手裡不留錢，我也不跑。再說了……」姜婉寧有點笑不出來了。「我的賣身契還在婆母手裡，我跑不了的。」

陸尚震驚地回頭，這才知道還有賣身契的事！

而其他人也不知是心虛還是怎樣，不約而同地轉移了話題，生硬又刻意，反正是全不敢跟姜婉寧對視。

「我、我把多出來的肉掛到樹上，省得壞掉了。」這是陸老二。

「我去喊孩兒她娘來燒菜。」這是陸顯。

陸奶奶腿腳沒他們麻利，留在最後，只能幫著收拾收拾桌面，小心地把銀子收攏起來。

剩下的幾個孩子也是惶惶不安，剛才的話他們有的聽懂了，有的沒聽懂，卻不妨礙他們能看懂大人的臉色。

正這時，姜婉寧開口說：「我把點心給他們分分吧？」

「……好。」陸尚面上不顯，可已經把賣身契這事記得牢牢的，早晚要問個清楚！

因這一連串的變故，家裡的氣氛一下子低沈了下去，直到晚飯做好，這才活絡了一些。

桌上難得有了大葷，油潤油潤的豬肉可比雞肉更討人喜歡，何況飯後還有點心可以甜甜嘴兒。

幾個小的當即控制不住表情了，咧著嘴笑個不停，從上了桌，始終把腦袋埋在碗裡，根本捨不得抬頭，吃得滿嘴油光。

見狀，其餘人的心情也鬆快了不少。

王翠蓮沒有出來，也沒人給她送飯。

陸奶奶忽然說：「還是尚兒和婉寧有本事，一個會唸書，一個會掙錢，早晚要把日子過得紅紅火火。」

她說會唸書的是陸尚，會掙錢的是姜婉寧，可事實上正好相反。

熟知內情的陸尚忍不住向姜婉寧投去目光，看小姑娘把頭低得深深的，遺憾地收回視線，應了一聲。「奶奶說得是。」

晚飯後，馬氏幫著收拾了碗筷，其餘人稍微坐了一會兒，也各自回了房間。

陸尚和姜婉寧一前一後走著，等姜婉寧進去點上蠟燭，關好門一回頭，差點跟陸尚撞上，嚇得她連連後退兩步，面餘驚色。

「怎、怎麼了？」

「給妳。」話落，陸尚把一個巴掌大的錦囊塞到姜婉寧懷裡，緊跟著又把腰間的錢袋子解下來，一同給了她。「錦囊裡是從觀鶴樓拿到的五百兩，還剩下四百九十五兩銀票，錢袋裡就是剩下的那點碎銀子，妳收好。」

姜婉寧愣住了，只覺雙手熱騰騰的。「給、給我做什麼？」

「往後咱倆的錢都交給妳保管，妳想攢著也好，想花出去也好，全隨妳。奶奶他們想得多，我不好與他們爭個清楚，我們私底下就不管他們了。」

姜婉寧仍有些懵。「都、都是我的了？」

「都是妳的了！不過……」陸尚一頓，言語間露出兩分弱勢來。「我出去談生意可能要花錢，到時還要請妳給我一點……唔，一點可能不太夠，大概需要很多。不過阿寧放心，只要是我給了妳的，早晚會給妳補齊了數，一點都不會少的。」

不光是銀子，還有姜婉寧的賣身契。

陸尚看出她的難堪，不好再提舊事，可在他心裡，拿回姜婉寧的賣身契，已然成了頭等大事。

早在姜婉寧說跑不掉的時候，陸尚就動了把錢全部上交的念頭。

他永遠無法體會獨自一人嫁到外人家裡的感覺，可要是能叫姜婉寧稍稍安心，又或者只是哄她高興一二也好，不過是錢財而已。

姜婉寧怔怔地看著他。

陸尚又說：「阿寧行行好，每月再給我兩文零用錢吧？」

姜婉寧耳尖一熱。「給、都給你……」

她抓著錦囊和錢袋子，並不算重的兩個小玩意兒，偏讓她覺得心頭分量十足。

兩人稍微歇息了一會兒後，就開始清點鎮上帶回來的東西。

那幾尺棉布被收到櫃子裡，上面再擺上搽手的膏脂等，旁邊留出一小塊位置放紙筆墨汁，最後還要在櫃子外加個小鎖。

這小鎖原本是沒有的，只是考慮到兩人不定什麼時候會外出，屋裡沒個人，就怕有那存了私心的進來翻找，到時又少不了一頓扯皮。

陸尚一想起晚飯前發生的事就覺得頭皮陣陣發麻，他雖不懼跟人掰扯，可畢竟住在一個屋簷下，整天這麼鬧來鬧去的實在是難看，最重要的是——

他看了眼在桌邊擺弄膏脂的姜婉寧，著實想像不出她跟王翠蓮對峙的場面。

若是剛巧碰上他不在家，這樣乖順的小姑娘，到了王翠蓮手下，豈不是只有被欺負的分？

陸尚忍不住輕嘆一聲，越發覺得任重道遠起來。

趁著兩人還沒洗漱，陸尚把藏在籃筐最底下的糖果子拿了出來。

「阿寧來嚐嚐糖果子。」

兩個糖果子放了這麼久，已經變得有些涼硬了，但上面那層糖衣仍是甜滋滋的。

許多人家過年買不起糖，就會擺兩個糖果子，反正都是甜的，有那個意思就好了，還能省錢。

姜婉寧沒有飯後吃小食的習慣，但她也好些日子沒吃到甜的了，猶豫一瞬後，到底還是眼巴巴地走了過去。

說是一人分一個，但陸尚只咬了一口就放下了，他饒有興致地盯著姜婉寧。

之前買的點心給全家分完後也就剩下半塊，姜婉寧跟陸尚把那半塊又分了分，才剛嚐出一點甜味就沒有了。

點心的滋味要比糖果子好上許多，可姜婉寧偏覺得糖果子更令她喜歡，尤其是這種吃了獨食所帶來的隱秘的快活，反更叫人歡喜。

因這份喜悅，她對陸尚的態度越發和善，就連睡覺時都多了兩分親近。

「夫君寢安。」

陸尚心口一跳。「……寢安。」

本以為能一覺睡到天亮，誰料才過子時，姜婉寧就聽見耳邊傳來細細碎碎的喘息聲。

她迷迷糊糊地爬了起來，藉著月光往旁邊一看，睡意瞬間就消散了。

「陸尚！」

只見陸尚躬身蜷縮在一起，右手死死抓住胸口，另一隻手掐住喉嚨，嗓子裡發出破風箱一樣的嘶鳴聲。

姜婉寧被他的模樣嚇壞了，她急著去點燈，匆忙間直接從床上摔了下去，萬幸床面不高，她除了膝上有些火辣，並無更多痛感。

而她全然顧不上這些，抓緊時間點了兩支蠟燭，又捧著燭臺返回床邊。

就這麼一小會兒工夫，陸尚又變了姿勢，他翻身跪在床上，用腦袋抵住床板，也不知是疼還是怎的，一下下地撞著腦袋。

「陸尚！陸尚你怎麼了？我去給你找大夫……我現在就去找大夫！」

姜婉寧急得哭了出來。她在陸尚背後拍撫許久，仍不見他有所緩和，只能想到去請郎中。

陸尚還存有一分理智，他胡亂抓住了姜婉寧的衣袖，半天才吐出幾個破碎的字句。

「不、不用……藥，先喝藥……」

也不是他不在乎自己的小命，可依照之前的經驗，等把郎中請回來後，只怕早就是第二天了，他要是病得太重，半個晚上就足夠要了他的命，若只是尋常發病，只要熬過去這一晚，多半也就沒什麼事了。

姜婉寧心覺不妥，卻又不敢拿主意，只好點點頭。

「好，我現在就去煎藥！」

上次許郎中留下的藥只用了三副，另有兩劑救命的，平日裡用不到。

姜婉寧卻是把救命的和日常的全煎了，熬出整整兩碗，用井水盡快降了溫後，又著急忙慌地趕了回房。

好在她離開的這一會兒，陸尚的情況並沒有加重，他只是又變換了姿勢，改靠坐在床頭。

姜婉寧照顧他把兩碗藥全部喝下，又尋了清水來給他漱口。也不知是心理作用還是怎麼的，她只覺得陸尚的呼吸沒那麼急了。

又過半個時辰，陸尚躺平在床上，徹底緩和了下來。

姜婉寧一直跪坐在床邊，不時為他擦拭額上的汗水，又忍著心頭的恐懼，悄悄探一探他的鼻息。

誰也沒想到，白日裡還生龍活虎的人，夜裡會突然發病。

直到陸尚恢復了幾分意識，他才碰了碰姜婉寧的手。

「沒事了，妳也來歇著吧。」

姜婉寧沒應，而沒有動作的身體，更是表明了她的態度。

陸尚實在沒有精力再勸，昏睡前的最後一個動作，是把手放在姜婉寧的掌心裡，輕聲重複了一句。

「阿寧，我沒事了……」

姜婉寧垂下頭，在眼角掛了許久的淚珠忽地砸了下去。

第七章

轉日清早，陸家人相繼醒了過來。

有人瞧見廚房裡沒收拾的小藥鍋，可看陸尚房裡始終沒有動靜，也不好去問。

至於房間裡，姜婉寧終於在天光微亮的時候，被陸尚拽躺了下去。

但她心裡存著事，睡也睡不安穩，外頭才有聲響，她也跟著驚醒過來。

睜眼的第一時間，她便是往身邊看，哪想正好撞進陸尚那雙黑沈沈的眸子裡。

姜婉寧一時失言。

陸尚苦笑一聲，拍了拍額頭，真心感慨一句。

「還是得多賺銀子！」

姜婉寧沒理解賺銀子和發病有什麼關係？

見狀，陸尚只好再解釋一句。

「到時請上十個、八個的大夫，在家裡輪班守著！」

這些大夫也不用醫術多高超，只要能在他犯病時幫他緩解一二痛苦就夠了。

陸尚無法形容那時的痛苦，彷彿整個人都被扼住了喉嚨，每至瀕死才能獲得一點稀薄的空氣，周而復始。

他清楚地知道自己死不了，可就是這樣生不如死的感覺，更叫人難受。

請十個八個大夫暫時是辦不到的，姜婉寧沈吟片刻後，忽然說：「夫君何不多練練健身體操呢？」

「嗯？」

姜婉寧整理了一下措辭，儘量簡單地說：「之前在京城的時候，家裡每隔一段時間會請御醫來看脈，女眷多會開些保養的方子，我也曾用過，但不管是什麼藥方，都比不上健身體操見效快。就之前我練的時候，一遍就能感覺到不一樣了。」

陸尚來了興致。

「不一樣？是怎麼個不一樣法？」

姜婉寧皺了皺眉。

「就是……就是身子輕快了許多，經絡處也有暖流了。我也不會說，但我總覺得，那健身體操是個好東西，要是長時間練著，說不準會有不得了的變化。」

健身體操雖是陸尚教的，但他還沒能完整順暢地做過一遍，自然也沒體會過姜婉寧說的那些。

但他對姜婉寧的說辭深信不疑，連帶對健身體操都懷了幾分期待。

「那……那我多練練？」陸尚遲疑著。

姜婉寧笑笑。

「試試吧，明天起我叫夫君起來。」

「咳咳咳……」

陸尚不好意思地轉過頭去，只覺這句話格外耳熟。就在幾天前，他才這樣對姜婉寧說過。

眼見時辰不早，午後還要接待龐大爺他們，兩人便不再多躺。

說來也奇怪，陸尚昨晚發病時好像命不久矣，過了一晚竟又支稜了起來，通體康健。

但兩人都不擅醫，討論半天也說不出個所以然來，因此陸尚一擺手。「罷了，先不管這些了。」

姜婉寧一動彈才發現，膝蓋有些僵澀，低頭一看，卻發現她右腿的褲管被推了上去，擦傷的膝蓋上已抹了傷藥。

屋裡始終只有他們兩個人，是誰做了這些，不言而喻。

她不自在地蜷了蜷手指，不顧陸尚的制止，堅持把褲管落下去，半天才說一句。「這樣……不好。」

「什麼？」

陸尚滿心不解，直到看見姜婉寧通紅的耳朵，才猛地明悟過來。

互相幫忙處理傷口什麼的，看似尋常。

可這雙方若是一男一女，饒是名義上的夫妻，也總叫人覺出幾分異樣來。

這下子，陸尚也開始後背發癢，好半天才敢看對方。

等陸家人出去得差不多了，陸尚和姜婉寧也相繼出了房門。

姜婉寧洗漱後小心搽了護手護臉的膏脂，就連腳踝也沒放過，等她搽好出來，身上全是膏脂的清香。

陸尚滿意地點了點頭。

「等以後再買給妳更好的。」

對此，姜婉寧只是莞爾一笑。

臨近晌午，家裡人陸陸續續回來了，王翠蓮也不知去做了什麼，進門時渾身喜氣洋洋的，便是跟姜婉寧撞對臉，都能給她一個笑臉。

姜婉寧卻不覺得有多高興，只詫異得不行。

正當姜婉寧準備去廚房幫忙做飯的時候，卻聽門口傳來招呼聲——

「這裡可是陸秀才家？我帶著小孫孫來了！」

回頭一看，正是趕牛車的龐大爺。

龐大爺牽著只到他大腿高的小孫子，另一隻手上則是拎了許多油紙包，另有兩隻燻製的豬肘子，每走一步都能帶動肉香逸散。

龐大爺來得要比約定時辰更早一些。

但他不光人來了，禮到了，就連一大幫子人的晌午飯都備上了。

才進到陸尚家裡，他就鬆開了小孫子的手，在他後背推了推，再一指陸尚。「快，那位就是陸秀才，快去拜見夫子！」

龐大爺的小孫子叫龐亮，今年才六歲，比陸耀祖還小一歲，便是穿戴得整整齊齊，仍能看出一團稚氣。

龐亮被養得膽小，來到生人家裡更是怯懦了。他踉蹌了兩步，忍不住回頭去看爺爺，得了爺爺再三鼓勵，方才轉過頭，小步朝著陸尚走去，停在陸尚身前五、六步遠的位置，按著家裡教過他許多遍的，躬身欲要行禮。

幸好陸尚動作靈敏，趕在他躬身下去前把人截住了。

「不必不必！」

陸尚隱約還是知道的，這個時代，師徒名分可是極重的。他之前只說給龐家的小孩指點一二，可從沒說過要收對方做學生。

再說了，就憑他看著書本兩眼黑的水平，哪敢真受了這個禮？

龐大爺神情一僵。

陸尚拍拍小孩的肩膀，向龐大爺解釋。

「我的學問尚且淺薄，不敢耽誤了孩子，給孩子指點兩句還行，可不敢當夫子，誤人子弟就不好了。」

龐大爺聽了他的話，原本僵住的表情才重新緩和了過來。

「哪裡哪裡，陸秀才太謙虛了！要是你的學問都不行，咱這幾個村子可就沒有行的了！」許是看出了陸尚的態度，龐大爺也不堅持，他見陸家人聽見聲響出來了，也不管跟陸奶奶有沒有交情，立即堆著笑迎上前去。「陸家阿奶，近來可好啊？咱們可是有些日子沒見了吧？怪我怪我，都沒來走動！今兒我帶了白麵餅子和下酒菜來，也不知道有沒有機會在這裡用個飯？」

陸奶奶被他的套近乎唬得一愣一愣的，下意識看向陸尚。

直到陸尚點了頭，陸奶奶才應下。

「可、可以，您快請進。」

龐大爺和陸老二家並沒有什麼交情，要不是他家親戚嫁給了陸家村的村長，他的牛車都不會從陸家村經過，更不會踏足此處。

但這不是有求於人嘛，求的還是孩子前程的大事，就算之前沒有交情，往後也有了。

龐大爺常年趕車，家裡也有在鎮上做生意的，待人接物自比在地裡刨土的農家人靈活，他才坐下沒多久，就已經跟陸老二稱兄道弟了。

「這麼算起來，我跟陸老弟你才是一個輩分啊！來老弟，咱們乾一杯！」

龐大爺帶了白麵餅子，帶了燻豬肘，帶了辣炒豬肝、花生米、豆腐煎等許多下酒菜，就是沒料到，陸老二家竟窮得連口黃酒都沒有！

龐大爺爽朗地笑著。「我懂我懂，讀書人不沾酒，家裡沒酒也是正常的，喝茶也行！」

茶倒是有，但卻是茶館都不收的碎茶葉渣，一文錢能買一大捧，泡出來的茶又苦又澀，極難入口。

一切都是為了小孫孫！龐大爺眼一閉，將剛煮出來的苦茶一飲而盡，之後不是必要，不輕易碰茶缸。

家裡來了客，女眷便不好上桌了，小孩子也被趕回屋裡，王翠蓮和馬氏則在廚房裡忙著。

就連陸奶奶也只在最開始時坐了一坐，很快就離了席，轉去旁邊的小板凳上坐著，只留陸老二和陸顯陪著龐大爺。

陸尚原本也是要作陪的，可他不願叫姜婉寧在一側小意服侍著，索性藉口考問，抓著龐亮回了房。

龐大爺此行就是為了給小孫子找個好老師，見狀樂得嘴都合不攏了，哪裡有不答應的？

卻不知，等龐亮進了屋，那可就是另一種場景了。

陸尚等龐亮爬上凳子後，直接去問姜婉寧。「妳看這孩子如何？」

姜婉寧隱約有些猜測，卻又不敢肯定，遲疑半天才點了點頭。「我看他性子有些綿軟，但年紀還小，往後注意著些，多半能改過來的。至於學問……許多人說一個人的學問高低，那是打出生就注定好的，我卻不這樣覺得。夫君要是有心教導，不說來日金榜題名，在塘鎮或者更大的府城謀一份差使，多半不難的。」

「要是請妳來教導呢？」陸尚單刀直入地問。

一直以來的猜測得到了肯定，姜婉寧心口仍是止不住地撲通撲通直跳。

她平息了一番氣息後，才道：「我都可以，全聽夫君的。」

陸尚搖搖頭。

「要看妳的意願，妳要是不介意的話，倒可以收他做兩年學生，要是不想麻煩，那等會兒便回絕了。不過有一個問題是，對著龐家不能直接說是由妳教導，要等妳教上幾個月，見了點好苗頭，才好叫他們對妳賦予信任，也放心把孩子徹底交給妳。」

畢竟姜婉寧在村子裡的身分實在尷尬，為了避免不必要的麻煩，這是最好的方式。

姜婉寧明白這後面的諸多顧慮，但她仍沒有直接答應，而是試探道：「之前三娘也想讓我教她家大寶識幾個字，夫君要是同意的話，教一個也是教，教兩個也沒甚差別……」對上陸尚那張似笑非笑的面孔，姜婉寧試探不下去了。

「那便是願意了？」

「……嗯。」

陸尚不禁笑了，卻還是要教訓她兩句。「願意就是願意，只要是妳想做的，我總不會攔著妳。如今妳我二人一體，有什麼話直說就是，阿寧覺得呢？」

姜婉寧被他說得羞愧難當，指尖顫了又顫，半晌才傳出一聲細若蚊蚋的「對不起」。

既然問明白了姜婉寧的想法，陸尚之後的行事就方便多了。

他整理了一下表情，收回笑意，換上一臉的清冷，敲了敲龐亮眼前的桌面，故作嚴肅地問：「我聽龐大爺說，你是要啟蒙了？」

「是……」龐亮不知怎麼稱呼他，才抬頭看了一眼，又被陸尚的表情嚇得低了回去。

這看得陸尚和姜婉寧皆是搖頭，無他，膽子實在太小了。

陸尚復問道：「你來我家，是想請我做你的夫子？」

龐亮沈默好久，才小聲說：「爺爺說，你是附近幾個村子裡學問最好的人，要是能請你做我的夫子，我以後肯定也能考上秀才。」

「也就是說，只要能叫你考上秀才，誰教你都成？」

龐亮的腦子轉得沒那麼快，猶猶豫豫地說：「應該……是吧。」

「那這樣，等你回家了就跟龐大爺說，我同意教你唸書了，不過……」陸尚叫他抬起頭，又朝他指了指姜婉寧。「這個姊姊的學問比我還要厲害許多，等你來我家後，就由她教你識字。你同意嗎？」

龐亮看了眼陸尚，視線又轉移到姜婉寧身上。

龐家男人多在外操勞，三、五天才會回家一趟，龐亮自小跟著母親及姊姊長大，性子便沾染了許多綿軟，比起嚴肅冷情的陸尚，顯然還是比娘親更溫柔的姜婉寧更叫他覺得親切。

龐亮細聲問了一句。「姊姊教我，我也能考上秀才嗎？」

「當然可以。」陸尚閉眼就吹。「不光能考上秀才，你還能考上舉人呢！不過這是我們之間的秘密，你不能跟第四個人說是誰在教你識字的。」

姜婉寧忍不住拽了拽他的衣袖。「夫君……」

龐亮卻已點頭。「好，我同意了，也不跟爺爺、娘親他們說。」

「那你出去了，怎麼跟龐大爺講？」

龐亮搖晃著腦袋，一板一眼地道：「我就跟爺爺說，陸秀才答應教我唸書了，還答應讓我考上舉人。」

陸尚嘴角一抽。「……後半句就不必了。」

等陸尚他們這邊說好了，外頭的人也吃得差不多了。

眼見陸尚把龐亮帶了出來，龐大爺更是坐不住了，趕緊站起身。

「陸秀才……」

陸尚沒說話，只拍了拍龐亮。

「你去跟爺爺說。」

就像在屋裡演練過的，龐亮仰著頭，嫩聲嫩語地道：「爺爺，陸秀才答應教我唸書了。」

「好呀！」龐大爺再也忍不住，一拍大腿，差點衝上前給陸尚一個熊抱。「看我，準備得不周全，陸秀才你看我們什麼時候再過來，我把束脩給你帶來？束脩的話，你看給多少合適？我家裡也沒個唸書的，沒進過書院，什麼都不知道——」

陸尚喊了好幾聲才打斷他。「龐大爺先別急，先教個三、五天，雙方都磨合一下，要是合適了，再談也不晚。」

「好好好，都聽陸秀才的！」話雖如此，龐大爺卻是打定了主意，等回去後就準備東西，下回上門時全捎來！

龐大爺心願達成，走時雙腳都帶風，直接把龐亮舉高過頭頂。

而陸家把人送走後，也全圍了過來。

陸老二問：「尚兒，你這是收了個學生？」

「算是吧。」

什麼叫算是吧？

一群人丈二金剛摸不著頭腦，可見陸尚走遠，也不好再把人叫回來問。

龐大爺和陸老二他們吃飽喝足了，但家裡的其他人卻還餓著肚子。

陸光宗幾個被放出屋後，一看見桌上剩下的豬肘子，頓時兩眼發光，不顧王翠蓮的叱罵，一窩蜂全撲了上去。

姜婉寧正猶豫著吃還是不吃時，卻見陸尚走了過來，勾了勾她的衣袖。

「我給妳煮豬雜湯吃？」

姜婉寧並沒有吃過下水類，也不知道自己能不能吃得下那等骯髒玩意兒，可望進陸尚那雙滿是溫柔的眸子裡，她卻控制不住地點了頭。

豬下水處理起來過於複雜，陸尚又經久不過手，實在無法在短時間內處理乾淨。

反觀他和姜婉寧從早上起就沒吃東西，現在又過了晌午飯時間，與其沒有邊際地等著，倒不如先應付著吃上一口。

桌上的剩菜確實香，但陸尚卻不太喜歡吃旁人翻弄過的殘羹冷炙，以前那是沒條件，沒得選擇，現在不管好壞，好歹也能吃上一口新鮮的。

他去廚房快速炒了兩個菜，只往裡面打了一個雞蛋，端上桌也無人問津，仍是爭搶著葷肉。

而就在他炒菜的工夫裡，姜婉寧也把饃饃熱好了。

她在饃饃上撒了一層豬油渣，蒸軟後油渣全嵌進饃饃裡，一開鍋便散了滿屋的香味。

要是換作以前，小孩子們定是喜歡得不行，但有了燻豬肘在前，這麼一點點葷腥，也就難以引起他們的注意了。

餐桌上吃得一塌糊塗，陸尚不去討人嫌，索性在廚房裡找了個地方坐下，他跟姜婉寧一起吃了起來。

「趕明兒龐亮又要過來了，妳要去跟樊三娘說一聲嗎？」

姜婉寧嚥下嘴裡的食物。

「要去的，等吃完飯我就去找三娘說。就是這唸書的地方……」

「來我們房裡吧。」陸尚說。「反正也就兩個小孩子，唸著書也沒時間瞎折騰，只要不把屋裡弄亂就好。我這幾天不出門，有什麼事也能幫妳掩護著，等過幾天都順利了，我再出去看看觀鶴樓要的東西。」

姜婉寧點頭。「好。」

「妳要是需要紙筆，就從牆角的箱子裡拿，前兩天我看見還有許多，不用留給我，我用不到。有其他缺的妳再跟我說，我去鎮上的時候給妳帶回來。」對於姜婉寧的事業，陸尚是一百個支持，就怕哪裡沒想到了，到時候反叫她為難。

左右不過兩個孩子，便是一塊沙地、兩根木棍也可以教，哪裡用得到在農家很珍貴的紙墨？姜婉寧沒有反駁，笑著答應了。

他們兩人吃飽後，其餘人還沒離開飯桌，兩人便只把自己的碗筷清理了，跟他們說了一聲，一起出了家門。

「這是去哪兒啊？」陸奶奶不放心地問了一句。

陸尚擺擺手。「不去哪兒，吃多了，出去消消食，一會兒就回來。」

「哎好好，那可小心點，別往河邊去，也別往山上去，夏天山上獵物多，別萬一有跑下來的……」陸奶奶忍不住叮囑，說多了怕惹人煩，又吶吶地住了嘴。

陸尚出門只是為了姜婉寧方便，省得家裡又問東問西，說與不說都不落好。

現在要出門的是他，姜婉寧最多只是個陪伴的，也省得落人口舌，出了門還不是隨她如何？

陸尚只跟她走到河邊就停下了，他尋了塊石頭，脫掉鞋子坐上去。

「我就不跟妳一起去了，妳找樊三娘說完便回來找我，我在這兒等著妳，妳慢慢說，不著急。」

姜婉寧對他可沒有陸奶奶那般仔細，四周看了看，見沒有其他人，便也放心離開了。

姜婉寧去樊三娘家的次數不多，好在陸家村的村戶也不過百餘，便是走岔了路，兜兜轉轉總能找到。

她一開始確實找錯了地方，好半天才想起三娘家門口有一棵很顯眼的歪脖子榆錢樹，村裡的小孩總喜歡去樹上摘榆錢。

她又剛好碰見一群在鬥蟋蟀的小孩，問了兩句後，很快便找準了方向。

這個時間，樊三娘家也是才吃完飯，一家人正坐在家門口庇蔭消食，鄰居家的老夫妻也湊過來說話。

見到姜婉寧的到來，一眾人皆很意外。

直到樊三娘從院裡出來了，才驚喜地叫了一聲。「婉寧妳來了！」她高興地擦了擦手，直接把她叫進家裡。

鄰居家的老頭小聲嘀咕道：「那不是陸老二家買來沖喜的小媳婦兒嗎？不在家伺候相公，怎上你們家來了？」

樊三娘家對三娘想請姜婉寧教孩子識識字的事略有耳聞，反正無論他們有沒有意見，既然三娘決定了，那就沒有他們拒絕的分。

甚至要是因為他們耽誤了事，無論老的少的，到時候準少不了一通數落，要是把三娘惹火了……

幾個人對視一眼後，不約而同地打了個寒顫，哪裡還敢搭話？

姜婉寧被樊三娘盛情邀請進到屋裡，不等她開口道明來意，三娘先把家裡的新鮮瓜果端了過來。

「這桃兒都是自家地裡種的，可甜了，妳快嚐嚐！我家沒有井，不然把桃兒扔進井裡過上一晚，那可真是又甜又涼，爽口得很呢！對了，我記得妳家是有井的吧？那等會兒妳帶點桃兒走，我帶妳去地裡摘，如今可正是吃桃兒的季節呢！」

姜婉寧被她的熱情弄得猝不及防，直到左手右手都塞滿了鮮桃，對方才算停了下來。

姜婉寧忍不住問：「妳就不怕我帶來的是不好的消息？」

樊三娘一插腰。「我給妳吃桃兒是為了妳的好消息嗎？原本我就想著給妳送幾個的，要不是怕王氏念叨，我早就去了！」

「是我想岔了。」姜婉寧放下手裡的東西，討好地碰了碰她的手背。「我給三娘賠個不是。」

樊三娘輕哼一聲。「那妳快嚐嚐。」

不是姜婉寧不給面子，可她確是才吃過飯的，稍微嚐上一口還罷，可這比巴掌還大的鮮桃，實在不是她一口能塞下的。

姜婉寧求饒道：「三娘行行好，我在家裡才剛吃了飯，真的吃不下了，等會兒我走時捎上，等回去了一定好好嚐嚐！」

樊三娘狐疑地打量著她，半晌才算答應了。

「我這回來正是想跟妳說說大寶的事，上回妳不是說想叫他學幾個字嗎？正巧趕車的龐大爺家的小孫子也要啟蒙，求到了陸尚頭上，這兩天就要把孩子送過來，妳要是不介意，不如叫大寶也過來，兩個孩子一起學，組個三人小學堂。」

「三人小學堂？」樊三娘有些錯愕。「那教字的人是？」

姜婉寧說：「是我。」

「可妳方才不是說，龐大爺求的是陸秀才？」

「是這樣沒錯，不過陸尚不管這些，他只幫忙掩飾一二，這三人小學堂是我教，之後多半也是我說了算。」姜婉寧說不清自己是憧憬多一點，還是惋惜更多一點。她輕嘆道：「妳也知道我家的情況，說陸尚開了個小學堂，總比說是我開的好。妳要是願意送大寶來，也別提我的事，對外只管說是陸尚的主意。」

樊三娘對陸家的事也全是道聽塗說來的，便是姜婉寧也少與她講家中的事，而這畢竟涉及家私，她總不好主動詢問。

便是到了現在，她也沒問兩人具體是什麼打算。

「好了，三娘妳知道這件事就行，明天或者後天，妳看什麼時候方便，把大寶送來我家便是，我就先走了。」

「不再坐一會兒嗎？」

姜婉寧搖頭。

「不了，陸尚還在河邊等著我呢。」

提起陸尚，樊三娘也不勸了。她來不及去地裡摘新鮮的桃子，就把家裡的七、八個都給姜婉寧裝上了。

「妳先吃著，這兩天我去妳家時再給妳帶新鮮的！要是不怕冷的話，千萬記得把桃兒扔進水井裡試試，可甜爽呢！」

「好，我記下了。」

姜婉寧從樊三娘家離開，出門時正好看見大寶，虎頭虎腦的小娃娃，烏溜溜的眼珠轉個不停，瞧著很機靈。

樊三娘把他喊到身邊。

「這是婉寧姨姨，叫人。」

「姨姨好！」大寶一點兒都不怕生，踮著腳抓住姜婉寧的手。「姨姨真漂亮！」

如今的姜婉寧算不得大美人，可畢竟底子在那裡，加上她周身溫婉的氣質，甚是討小孩子親暱。

此話一出，門口坐著的人皆是笑起來。

姜婉寧心裡軟軟的，忍不住摸了摸他的腦袋。「大寶也好看，一看就是個好孩子。」

樊三娘順勢道：「娘明天送你去漂亮姨姨家玩，你可要聽姨姨的話。」

「好！」大寶脆生生地應下，目送姜婉寧離開很遠後，嘴裡還是唸著。「要去姨姨家玩啦！」

姜婉寧在樊三娘家待的時間不長，但前後也有半個多時辰，從她家裡出來後，抬頭望見頭頂刺目的烈陽，姜婉寧才後知後覺地想起——單獨把陸尚丟在河邊，不會出什麼意外吧？

她猛地想起昨夜的發病，頓時驚出一身冷汗。

然而等她一路小跑著趕去河邊時，卻見陸尚不光安然無恙，甚至還挽起了褲腿，不知從哪裡尋了根樹杈，正踩在水裡叉魚。

陸尚聽見腳步聲，抬頭看清來人，咧嘴笑了。

「阿寧快來，我逮著兩條大肥魚呢！」

姜婉寧順著他的手指一看，果然在河邊的草地裡看見兩條白鯉，一條傷了尾巴，一條被戳穿了魚腹，但畢竟是剛捉上來沒多久，魚兒還算新鮮。

陸尚也不貪心，姜婉寧一回來他就上了岸。

他已經許多年沒叉魚了，全是因為這條河裡魚兒多，才叫他瞎貓碰上死耗子，勉強逮上來兩條。

不過折騰了這麼半天，他的衣褲基本上全濕了，脖子上和臉上也在抓魚時濺了泥點，遠遠看去整個人都髒兮兮的。

姜婉寧卻沒注意這些，她看著陸尚在河裡走動，只覺心驚膽戰，忙提起裙襬過去拽了他一把，理所當然的，也是沾了一手的水和泥。

等陸尚在岸邊站定，兩人視線不經意對上，一滯過後，卻不約而同地笑出聲。

陸尚有些奇怪。「妳在笑什麼？」

「當然是笑夫君很厲害呀！」

陸尚被這記直球打得暈頭轉向，實在不知如何應對，只能轉過頭去，悶聲道一句。「妳別說話了。」

姜婉寧不知哪裡惹到了他，可看他的模樣，又不像是不高興的樣子，索性也不深究了。

他們在河邊扯了兩根草桿，從魚嘴裡穿過去，一人拎著一條，收穫滿滿地回了家。

而從樊三娘家帶回來的桃子也被陸尚接了過去，他在河裡隨便沖刷了下，一口咬下去，確實甜得很。

等他們回去的時候，陸奶奶已經回房歇息了，不然看見陸尚這一身的水和泥，少不了又是後怕。

至於旁人，或許會關心兩句，可緊跟著就被兩條白鯉吸引了注意。

就連一向沒什麼好話的王翠蓮都驚了。「我滴乖乖，最近是怎麼了，怎麼不是雞豬就是魚肉的，咱家這是開了大葷啊……」

可不是，前有陸奶奶掏錢買雞，後有陸尚買回來的豬肉。

豬肉沒等著吃，龐大爺又送來了豬肘和小炒肉，吃完沒過兩個時辰，又是新鮮的河魚來了。

可以說，陸家這幾天裡，幾乎日日有葷腥。

饒是王翠蓮對沖喜一事嗤之以鼻，如今也驚疑不定地打量著陸尚和姜婉寧，等他們回了屋子，轉頭就跟陸老二嘀咕起來。

「我看陸尚這些日子變了挺多，跟之前完全不一樣了。不會真跟那老道說的一樣，逢大劫獲新生了吧？姜氏真有那麼大本事？」

陸老二不願說這些神神叨叨的東西，沒好氣地瞪了她一眼。「這麼多吃的還堵不住妳的嘴？還不快去把魚清理了！」

「去就去，凶什麼嘛……」王翠蓮翻了個白眼，看一眼手上沉甸甸的白鯉，不知怎的，心裡那念頭越發強烈起來。

陸尚回屋換了一身衣裳後，估摸著自己狀態還好，緊跟著就要出去處理豬下水。

姜婉寧雖幫不上什麼忙，卻也跟了出去。

豬下水被掛在牆頭的大槐樹上，臭烘烘的，周遭圍了一圈的飛蟲。王翠蓮把白鯉處理過後，也掛了過來。還有之前買的豬肉等不耐放的東西，基本上全掛在了樹下。

大樹長得枝繁葉茂，在這炎炎夏日裡是難得的陰涼地方，而且這邊避陽，一些肉類能放上三、四天，要是時間再長就不成了。

陸尚把豬下水解下來，順口說道：「趕明兒有空了把剩下的魚和肉都處理了，看是用燻還是醃，再放下去就該壞了。」

「我會做燻魚，工序倒也不複雜，肉的話可以做成臘腸，就是不知道婆母他們有沒有別的安排？」

「沒事，晚點我去問。」

陸尚也是嫌豬下水味道太重，先去端了好幾盆水，一股腦兒都澆在上面，把盤旋在周圍的蚊蟲趕走了。

他一抬頭，卻見姜婉寧站得遠遠的，看著是想過來，可又實在受不住這麼衝的味道。她自認為掩飾得很好，可眼睛裡的小嫌棄卻顯露得明明白白。

陸尚忍俊不禁。

「回去吧，回房裡去歇一歇，這邊我自己來就行，等做好了我叫妳。」

「我……我給你幫忙吧？」姜婉寧這話說得有氣無力，連她自己都不信。

陸尚擺擺手。「快去吧。」

「那我……我真走了？」姜婉寧是真的不習慣這個味道，猶猶豫豫的，終究還是先逃一步。

午後的村子裡很安靜，牆頭外偶有走動聲，也只是一晃而過，很快又恢復了安靜。

有人瞧見陸老二家有人留在院裡，原本是想打個招呼的，可探頭看見是陸尚，又忙不迭地縮了回去，加快腳步趕緊離開。

陸家人都各自回了房間，等著過了晌午最熱的這段時間。

一時間，院子裡只剩陸尚在忙碌著。

陸光宗倒是中途出來了一趟，看見陸尚用布條掩著鼻子處理豬下水，頓時驚叫一聲。

只不等他轉身，就被陸尚抓了壯丁。

「光宗過來，去給我打幾盆水來，我說著你倒。」

陸光宗一點兒都不想幹，但也不敢拒絕。

他磨磨蹭蹭的，半天走不了幾步，直到又被陸尚恐嚇了，才哭喪著一張臉，嘰嘰歪歪地跑了過去。

他人小端不動一整盆水，那便半盆、半盆地端，用不大不小的水流沖洗著刷過的下水，那股腥膻味直往鼻子裡竄。

他不敢埋怨陸尚，便嘀咕起姜婉寧來。「大哥，你怎麼能幹這種事？你怎麼不叫嫂嫂來幹啊？」

哪想他剛說完，頭上就挨了一巴掌。

陸尚打得不重，多是恐嚇的意味。

陸尚打完後又戳了戳陸光宗的腦門。「我不能幹，你嫂嫂就能幹了？陸光宗，你這腦子裡天天都在想什麼啊？」

陸光宗委屈得不行。

「我又說錯什麼了嘛！家裡的活兒一直都是奶奶和娘她們做的，什麼時候輪到大哥你跟我了？」

「陸光宗，你好意思嗎你？」陸尚被他氣笑了。「你瞅瞅你自己，整天跟隻小豬似的，吃得多、喝得多，就是幹活時沒影了！」他雖然對王翠蓮沒什麼好感，但有些東西，並不是好惡能影響的，也就是陸光宗年紀還小，性子也沒壞到無可救藥的地步，才能得他教訓兩句。「奶奶一把年紀了，自己腿腳都不索利，二娘整日操持著家裡家外，就沒停腳的時候，你二嫂更是顧著孩子，整宿整宿睡不了一個完整的覺，更別提你嫂嫂了，她大了你好幾歲，都不一定有你重，你就能眼睜睜看她們忙，你自個兒閒著？」

「可是、可是……」陸光宗結巴半天。

陸尚卻不聽他辯解。

「可是什麼可是？你都九歲啦！再過幾年就要娶媳婦兒啦！往後你不照顧你媳婦兒，還等著她伺候你嗎？」

陸光宗仍是迷迷糊糊的，好在抓住了兩分重點。「那、那以後我多幫忙？」

「不然呢？」

陸尚沒好氣地瞥了他一眼。

陸光宗搓搓腦袋。「……喔。」

「別喔了，再去打兩盆水來，再沖一遍。」

這一回，陸光宗也不嘀咕什麼該不該了，老老實實幫著把下水沖洗乾淨，等陸尚扔進廚房，還幫著生了火。

陸光宗在家裡也算被寵大的，陸尚也沒想讓他一天、兩天就能改變過來，只要不是說不通，那一切尚有得教。

等第一次水開，陸尚踢了踢他的屁股。

「行了，回去睡覺吧，等做好了我留一碗給你。」
陸光宗可是聞夠了這個味，聞言把腦袋搖得跟波浪鼓似的。
「不不不不，我可不吃！」
陸尚也沒理他，吃不吃的，等做好了自見分曉。
就在兩兄弟進行了一番「親切友好」交流的時候，早一步回房的姜婉寧也沒閒著。
陸尚說了，龐大爺心切，說不準明天就把小孫子送來了。
大學士府的姑娘，那是真正從小長在書堆裡的。
憑她的學問，莫說是給小孩子啟蒙，便是指點秀才也仍綽綽有餘的，但畢竟是第一次教人，她還是有些生怯。
思來想去，還是先準備一番才好。
姜婉寧去牆角的櫃子裡翻了翻，找出兩塊墨、十張紙，還有兩支被壓在箱底不小心禿了毛的筆。
那兩支毛筆用的是豬棕，許是製作手藝不到家的緣故，筆尖又粗又硬，稍微一點不注意，都會導致筆尖劈叉。
而陸尚臥床幾個月，連書本都沒碰過，自然也顧不上收拾紙筆。
姜婉寧只能暫且把兩支筆浸到溫水中，看還有沒有救回來的可能。

既然寫字的筆都沒有，那就更用不到紙墨了。

幸好姜婉寧也不一定要用這些，她只是在心裡盤算著，該如何叫幾歲的小孩提起對書本的興趣。

她已經記不清小時候學字的場景了，但時至今日，她仍忘不了被父親握著手，一筆一畫寫下自己名字的畫面。

許是她性子溫順，從小到大鮮有極強烈的喜惡，讀書、寫字也好，撫琴、作畫也罷，只要父親、母親說了這個很好，她便會試著學一學，不討厭的話，那就繼續學下去。

包括針繡、下廚、算學、投壺……只要是在京城流行過的，她基本上都會試上一試，很多東西她學得不一定精，但都略通一二。

小孩子嘛，尚是未定性的時候。

或許他們被大人諄諄教誨過，一定要好好讀書才能賺大錢，才能考上官，但誰又知道，這是不是他們自己所願意的呢？

姜婉寧無意識地摩挲著中指。

那裡曾經佩戴著一枚玉戒，是她八歲生辰時母親送她的，戴了許多年，後來在流放的路上被官兵搶去了。

姜婉寧的思緒不覺發散開，從即將到來的兩個小孩，想到自己的幼年時光，又想到病重也不知後來如何了的母親……

不知過了多久，她聽見門口傳來腳步聲。

緊跟著，房門被推開，陸尚帶著一身燥氣，生無可戀地走進來，直接倒在了床上。

姜婉寧一下子從漫天神思中回過神來，沒等她追問，陸尚先開口了。

「不行了，太熱了！」

前幾天他還說，陸家村真是個好地方，這等酷夏也不會灼得人受不了，圍在三面的大山總算還有點用。現在再看，大山再怎麼庇蔭，那用處也是有限的。你就不能奢望夏天不熱啊！

陸尚才在外頭忙活了一個時辰，全身就被汗水浸透了，回來時連腳步都是飄浮著的，隨時都能原地飛升。

看他只是熱過頭，並沒有其他大礙，姜婉寧鬆了一口氣。

她又覺好笑，又帶了點微妙的心疼，趕緊倒了涼開水，送上去等他咕嚕咕嚕灌了兩大碗，這才說：「這個時節本來就熱，我把從三娘家帶回來的桃子吊到井裡去，等晚上就能吃了。要是實在不行，還可以去找找誰家售冰，不過夏天的冰山一向貴得咋舌，更是有價無市，並不好得到。」

陸尚攤平在床上，光是想著增大散熱面積了，姜婉寧的話聽了個斷斷續續，只記住了想聽的幾個字。

「妳說冰很值錢嗎？」陸尚摸了摸下巴。「也不知地窖儲冰是不是真能行得通？」

不用他嘗試，姜婉寧先給了他答案。

「多是不行的。家裡以前也在冬天存過冰，只是冬日都沒過去，冰就全化了。」

所以冰山能賣得那麼貴，自有其過人之處，要是誰家都能儲存下來，自然也就不存在有價無市一說了。

陸尚只是稍微動了點念頭，並沒有真要做什麼。

他知道過猶不及的道理，眼下能把觀鶴樓的合作做好，先把家裡的小學堂辦起來，那就足夠了。

若事事都想摻上一腳，只怕最後會事事不成。

等陸尚歇夠了，床上也被他蹭得一塌糊塗。

姜婉寧從櫃子裡拿了新的床單出來，就等他走了好替換上。

陸尚不好意思地笑了笑。「妳換好就別管了，等會兒我來洗。」

至於現在，他當然還是要去看看鼓搗了半下午的豬雜湯。

姜婉寧嘴上說了好，然而等她把床單換好，就在門口順手拿了個盆，三兩步走去井邊，打水揉洗起來。

等到陸尚一臉喜色地回來時，她這邊的床單都洗好曬上了。

陸尚一把抓住她的手，面上的欣喜之色難以掩飾。

「阿寧快來，豬雜湯煮好了！」

廚房裡接連起了三、四鍋熱水，正是熱氣噴湧的時候，不用進去，只從門口經過，就能被熱氣撩一臉。

陸尚身上的衣裳濕了乾、乾了濕，褲管跟衣袖全被他捲去上面，露出乾瘦帶著點病態的四肢。

他把姜婉寧擋在外面。「妳別進了，等我端出來給妳。」

為了吃用方便，他先把廚房裡的桌椅都搬了出來，之後才端來盛好並撒上胡荽粉的豬雜湯。

胡荽粉是用胡荽曬乾研製而成的，跟香菜同個味道，因來自塞外，價格不菲，就上次買來的一錢，便花了一百多文。

胡荽粉用不著放太多，只在最後撒上一點提提味即可。

陸尚有點猶豫地問：「妳是吃香……胡荽的吧？」

「胡荽？是塞外的香料嗎？」姜婉寧只在書中見過這個東西，並未親口嚐過，也說不出接受或不接受。

陸尚擺爛了。「總之妳先嚐嚐吧，要是不喜歡，我再換一碗新的給妳，鍋裡還有許多。」

殊不知，姜婉寧根本不擔心胡荽不胡荽的，她更怕烹煮過的豬下水還是那股腥膻味，她可不知該如何下口。

然而等她真接過了湯碗，撲鼻而來的卻是一股極濃郁的骨香，她使勁嗅了嗅，也沒聞到欲嘔的腥羶味。

陸尚在一旁期待地道：「嚐嚐？」

姜婉寧吐出一口氣，取了筷子，頭一次嘗試豬雜湯。

陸尚買來的這份豬下水裡包含了心、肝、脾、肺、腸等許多臟器，沒處理前瞧著血腥，可仔細沖洗後，已經不見之前的埋汰樣了。

姜婉寧稍微嚐了一點點，就發現了癥結所在。

無論是上次的滷味，還是這次的豬雜湯，她發現陸尚做菜很捨得下香料，就連平日裡炒個菜，旁人最多只撒一點鹽，他卻要七七八八地加上三、四種香料。

不能說不好吃，相反地，就連一貫淡口的姜婉寧都挑不出毛病，只是一個習慣與否的問題。

這碗豬雜湯也是，也不知陸尚往裡面加了多少香料，湯底幾乎全是香料味了，唯獨豬雜還保留了原本的鮮嫩。

陸尚莫名有些緊張。「如何？」

姜婉寧又嚐了一口豬肺。「是好吃的。」

「我就說吧！」這一刻，陸尚的自豪感簡直無與倫比。他不好拿姜婉寧打趣，便拿躲在屋裡的陸光宗說事。「剛才光宗那小子還嫌棄得不行，等會兒偏要他求著我才分給他！阿寧妳是不知道，這喝豬雜湯還要配個燙麵小餅，把剛出鍋的小餅掰開了泡在湯裡，連湯帶餅一塊兒吃，那才叫一個舒坦！不過這大夏天的，吃湯還是熱了點，等天冷了我再做給妳吃，一定叫妳嚐嚐什麼才是天上人間！」

陸尚不好吃，卻是個會吃的。

比起姜婉寧那些精而不俗的吃食，他更擅長家常小菜，越是市井吃法，越是被他研究得透澈。

就像現在，沒人要的便宜豬下水，也能被他做出一盤美味。

姜婉寧笑而不語，默默看他興高采烈地說著，好像他天生就該投身廚藝，而不是什麼寒窗苦讀十年科考的書生。

有了這麼一大鍋豬雜湯，不說晚上的飯，就是明天早上也還有剩。

家裡人除了馬氏實在吃不慣，其餘人皆是讚不絕口。

就是陸光宗受不了胡荽的味，叫陸尚好一陣惋惜。

「真的不試試嗎？你稍稍加一點，說不定就喜歡了呢！」

陸光宗端碗就跑，一句話都不跟他辯論。

值得一提的是，這天晚上吃完飯，陸光宗難得沒有撂碗就出去瘋，而是虎聲虎氣地進了廚房，把正在收拾碗筷的王翠蓮和馬氏趕了出去，他也不說幹麼，上手便是刷洗。

王翠蓮看得一陣錯愕，回神後又是不滿。「你一個男孩子做這些幹麼？快去快去，叫曉曉她們來！」

陸光宗當然也不願意做，他的小夥伴還在村頭等著他呢！

只是想起下午時大哥的教訓，他沒能挪開腳步，只好加快了手上的動作，飛快地把碗筷沖洗了一遍後，跑出去大喊一聲「我洗好了」，而後轉頭就衝出了家門。

暫且不管他洗得乾不乾淨，好歹是肯分擔一二家務了。

第八章

一如陸尚所預料的那樣，龐大爺望孫成龍，那是一天都等不得的，轉天大早，趁著趕牛車的工夫，就把小孫孫送了過來。

彼時陸尚才在姜婉寧的陪伴下練完兩套健身體操，望著姜婉寧通體舒暢的樣子，他除了累，什麼都感覺不到，甚是氣餒。

姜婉寧只好安慰道：「興許是夫君久病在身，功效發作得沒那麼快呢，夫君再堅持幾日看看，說不準就成了。」

陸尚也不是非要叫一個小他好幾歲的小姑娘安慰，但老實說，這等叫人時刻關注、關心著的滋味，還挺好的。

正說著，門口就傳來龐大爺爽朗的笑聲。

這回他連小孫孫都不牽了，兩手上全提滿了禮物。

就連跟在後面的龐亮懷裡都抱了個大包裹，包裹擋住了他大半視線，只能走一步停一下，確定好下一步落腳的位置，方才能繼續向前。

龐大爺也摸出了兩分陸尚的脾性，不等他阻攔，已經閃身進了院裡，將手裡的大包小包往地上一放。

「我就是從家裡拿了點不值錢的東西來而已，陸秀才可千萬別拒絕啊！

「我把小孫子送來了，你教著要是還行，願意收下他，我再給你送束脩，還有那什麼拜師禮，全聽陸秀才你的！我……好，那成了，我就把小孫子留陸秀才你這兒了。我現在接村裡人去鎮上，等傍晚回來時再接上他！」

從龐大爺進門，一直到他離開，整個過程裡陸尚是一句話都沒來得及說出去，再回神，身前已然站了一個小豆丁。

小豆丁努力仰著脖子。「阿叔，這是娘親叫我帶給姊姊的。」

這裡的姊姊，顯然是指姜婉寧。

陸尚已經不知道是要追究稱呼還是追究禮物了，他心累地擺了擺手。「罷了罷了，你先進去吧！」

這麼一大堆禮，顯然不能直接丟在地上不管。

但陸尚和姜婉寧一合計，也斷沒有一上來就收這麼多東西的道理，因此決定暫且搬去廚房，等晚上龐大爺來了，再給他帶回去就是。

陸尚出了一身汗，這兩天又多是炎熱，他實在受不住，跟姜婉寧說了一聲，出門去尋個地方沖個涼，而龐亮就交給姜婉寧帶了。

說來也巧，這邊他們才回到房間，就聽院外又來了人。

正是樊三娘把她家大寶送來了。

姜婉寧笑說：「這是巧了，龐亮也剛到，才進屋沒多久呢！那正好，先讓兩個小朋友認識認識。」

樊三娘問：「可用我陪著？」

「不用，三娘妳回去吧，等結束了我送他回家。」姜婉寧深知孩童的脾性，有家長在和沒家長在時，只怕全然兩個模樣。

樊三娘對她也是信任，只最後叮囑了大寶一句。「你可要好好聽姨姨的話，要是叫我知道你調皮，我準叫你屁股開花！」

大寶格格笑著，扭頭的工夫，已經跑去跟龐亮拉小手了。

「喂，我叫大寶，你叫什麼呀？你看我比你高，你要叫我哥哥！別怕，以後哥哥罩著你……」

大寶雖比龐亮小，但被家裡養得壯壯的，他平日又多在村裡跑鬧，比同齡人都要高一點。

反觀龐亮，瘦瘦小小的，碰見生人時還會縮著背，自然也就顯了幾分矮小。

還沒走遠的樊三娘聽見這話，噗哧笑出聲，轉身喊道：「別瞎說，人家比你大，你要叫人家哥哥！」

說完，樊三娘也不管一臉懷疑的大寶，快步離開了陸家。

姜婉寧頗覺好笑，過去拍了拍兩人的肩膀，然後一手牽一個，全領進了屋裡。

昨天晚上她和陸尚在窗邊整理了一塊地方出來，正好可以擺上三、四張小板凳，用來說說小話正合適。

她等兩個孩子搭上了話，便引導著問：「大寶有大名嗎？」

「大名？」大寶不解。

「就是除了大寶，你還叫什麼？你看亮亮的家人就叫他亮亮，等出了門時，旁人就叫他龐亮。」

「那我知道！」大寶高高舉起雙手。「我還叫陸喜！娘親生氣時就會喊我陸喜，一邊喊一邊拿掃帚追我！」

姜婉寧忍了好久，終究還是笑出聲。

龐亮抓著雙手，小聲說一句。「那你娘親好凶喔！」

大寶不樂意了。「你娘親不凶嗎？」

龐亮搖頭。「娘親不凶的，娘親就算很生氣、很生氣，也不會拿掃帚追我，她只會叫我跪在牆角反省。」

「那你豈不是不能動了？」

「不能的，要是亂動，娘親會更生氣，那就要跪一晚上，連睡覺都睡不成了。」

大寶頓覺心有餘悸。「那還是叫娘親拿掃帚追我吧，反正就算追上了也只是疼兩下，要是叫我好半天不能動，那才難過呢！」

也虧得樊三娘聽不見他這話，不然定是要叫他知道，什麼才是真的難過。

姜婉寧無法對別人家的教育方式置喙，但至少在她這裡，體罰向來是她所不提倡的。而她在家時，便是犯了錯，也只是會受父親、母親的言語呵責，至於挨打、罰跪什麼的，那只在兄長身上見過，從未落在她身上。

現在，兩個孩子乖乖的，她更沒必要講什麼賞罰。

等兩人說夠了，姜婉寧才說：「那你們可有想過，自己的名字怎麼寫？」

這一回，兩人又有了不同的答案。

大寶撓撓頭。「不會欸，我還不會寫字。」

龐亮說：「我會的，娘親花了好些錢，在鎮上請人寫了我的名字，又叫我練了好多天，練得手都疼了，才終於學會了。」許是有同齡小夥伴在的緣故，他也漸漸放開了膽子。他有點不情願地說：「姊姊要叫我們寫字嗎？可不可以不寫呀？我不喜歡寫字，也不喜歡唸書……但我想考秀才。」

要是陸尚在這兒，少不得要罵他一句了。

姜婉寧則是哭笑不得。「可是不寫字、不唸書，你到了考場上要如何答題呢？不答題便沒有成績，沒有成績就考不上秀才了呀！」

龐亮一臉的為難。「那、那我學一點點，能考上秀才嗎？」

姜婉寧沒有直接應，而是去問大寶。「大寶想學字嗎？」

大寶卻是無所謂。「我不知道欸……娘親沒有說，娘親只叫我不要調皮。不過要是龐亮不想學，那我也不學了。」

從他們兩人初見面起，姜婉寧始終都是在的。

因此聽見這話，她實在很錯愕，根本不知道兩人是何時建立起的友誼，這才見面多大會兒工夫，都能共進退了。

「那好吧，」姜婉寧笑道：「那我們就不學了。我帶你們去院子裡畫畫可好？」只要不寫字，龐亮做什麼都行。

大寶更是沒意見，反正小夥伴幹什麼，他就幹什麼。

這個時候家裡沒人，陸奶奶尚在屋裡歇息。

姜婉寧便把他們帶去大槐樹底下，用手撫平一塊地面，總共四四方方的三小塊，正好一人一塊。

她也沒去擦手，起身從樹上掰了幾條樹枝，給兩個孩子分好後，耐心地問：「你們自己可以畫嗎？」

才幾歲的小孩子嘛，只要是叫他們自己來的，都能帶來莫大的興奮，管他畫得好不好，只要是自己畫的，那都是好的。

姜婉寧看他倆頭碰頭地湊在一起也不打擾，只在自己那一畝三分地上勾勾畫畫。

過了不知多久，卻聽頭頂傳來「哇哇」的驚呼聲。

姜婉寧莞爾，將她身前的這塊地方露出來，只見兩個大小一般的小孩躍然土上。

龐亮想去碰，又怕碰壞了，甚至還後退了一點，然後才說：「姊姊，妳畫的是我和大寶嗎？這個是我，這個是大寶。」

他無法理解，怎麼會有人畫得這麼像，比在紙上還像！

再看他和大寶畫的，一個一團亂糟糟的線條，根本看不出形狀；一個畫著歪歪扭扭的小雞，雞腦袋比身子還大！

龐亮小小年紀，第一次懂得什麼叫自慚形穢。

姜婉寧順勢問道：「你想學嗎？」

龐亮猛點頭，眼睛裡也迸出光。「想！」

「那我也想！姨姨也教我！」大寶不甘落後。

姜婉寧為難道：「我倒是可以教你們，只是龐大爺送亮亮你來是唸書的，要是叫他知道，你在這兒什麼也沒學到，肯定就不願意送你來了，這樣想學畫的話……」

龐亮一點就透。「那我先唸書，等唸好了書再畫畫行嗎？」

大寶就是個學人精，龐亮剛說完，他也跟著喊上了。

姜婉寧跟他們商量道：「那這樣，以後就上午畫畫，下午學寫字，如何？」

「好！」兩個孩子異口同聲。

今天的上午已經過去一半了，能畫畫的時間只剩下一半，但兩個小孩一點兒都不覺得沮喪。

尤其是等他們畫出漂亮的花花後，更是高興得不行，當天晌午飯都多吃了半碗！

陸尚沖涼回來了，頭髮凌亂地搭在後面，直到進門才繫起來，只是那明顯生疏的手法，看得姜婉寧眉心直跳。

有陸尚在，等晌午眾人回來後，見到兩個小孩也不意外。

就是王翠蓮對他們在家吃飯頗有微詞。

「咱家米麵都還不夠了，再多了兩張嘴，可真是什麼便宜也占！」

陸尚沒理她，只給兩個孩子一人挾了一筷子雞蛋。「多吃點，吃飽點才能長得又高又壯。」

可是把王翠蓮氣得夠嗆。

吃飯時，陸奶奶提起廚房裡多了的那一堆東西。「也不知道裡面是什麼，就都丟在廚房不管了嗎？」

陸尚隨口解釋了兩句，不知想到什麼，又添了一句。「那些是還要給龐大爺帶回去的，先別拆了。」

王翠蓮暗中撇撇嘴，對此不以為然。

念及兩個孩子還小，晌午還是要歇一歇的。

然而家裡實在沒有空房，最後只能再把他們領回去。

兩個小孩占了屋裡唯一的一張床，姜婉寧和陸尚便沒了位置。

陸尚最近幾天都會午睡，猝不及防斷了，還真有些不適應。

於是搞錢、搞新房的念頭，再一次從心底浮現。

龐亮上床前總算把他揹了一上午的小包摘下來了，他對他的小包可寶貝了，便是吃飯時也不肯摘下。

即便把小包交給姜婉寧時，他還不忘鄭重地道：「娘親說，裡面的東西可貴了，只能給夫子看、姊姊妳看。」

姜婉寧擔心裡面是什麼貴重物，並沒想打開。

可龐亮三下五除二地把裡面的東西拿了出來，結果並非她想像中的貴重物品，只是一冊有些泛黃的書。

龐亮說：「姊姊，給妳！娘親說這書可難買了，我能有這本書，那就一定可以考上秀才！」

一同聽著的陸尚心念一動。「是龐大爺上次說過的那什麼……《時政論》嗎？」

龐亮搖搖腦袋，他也不清楚。

姜婉寧把書倒過來給陸尚看，低聲應了一句。「正是。」

陸尚只探頭看了一眼，很快就沒了興趣，而他不識字，便也沒認出書冊扉頁上的編者——姜之源。

龐亮的話倒也不假，這書確實是科考必備書目，但並非是考秀才時用得到的，而是自秀才起，直至進士殿試，都會用到的極佳借鑑書目。

八年前由大學士府同翰林院同編，又有先帝親審，許多涉及時政的論斷，都能在上面找到解讀。

只是一年前大學士府獲罪，這本由姜大學士主編的書冊也變得避諱起來，許多書肆不再公開售賣，私下偏炒出天價。

而學子們明面上不敢收購，私下裡卻四處打聽，畢竟前兩屆的三甲進士，可全是精讀了此書的。

原身叫龐大爺買《時政論》，給孩子啟蒙是假，多半是為了給他自己看，只不過陰差陽錯的，這書到了姜婉寧手上。

姜婉寧不敢再看，匆匆將書塞回包裡。

她側過頭去，等調整好表情，確保陸尚看不出端倪來了，方才開口說：「這書你們目前用不到的，晚些時候你便帶回家吧，放在家裡不要帶出來了，等需要用到的時候我再告訴你。要是家裡問為什麼，你便說這是陸秀才說的。」

龐亮乖巧應下。「好。」

然而等龐亮爬上床，和大寶並排著睡下後，陸尚忽然碰了碰姜婉寧的手，面上似有疑惑。

「妳……不高興了？」

他並不知姜婉寧哪裡不悅了，可就在某一瞬間，他忽然察覺到了她情緒的低落。好不容易等到兩個小的都睡下了，他才忍不住關心一句。

姜婉寧震驚地轉頭，驀然撞進了陸尚那雙滿是擔憂的眸子裡。

她想說「沒事的」，然而才一開口，便覺鼻尖一酸，眼底也跟著漫起了水霧，說出的話裡全是哀傷。

她抓住了陸尚的手，呢喃說道：「陸尚，我想我爹娘了……」

話音剛落，她的眼眶再也含不住淚花，淚水蜿蜒而下，盡砸在了陸尚的手背上。

陸尚何曾見過姜婉寧哭成這個樣子，頓時手忙腳亂的。

他是一句話都不敢多問，想找帕子沒找著，便用自己的衣袖給她擦拭眼淚。「好了好了，咱不哭了啊……」

姜婉寧也不想哭的，尤其是在陸尚面前落淚，這更叫她覺得丟臉，她一點兒都不想在對方面前露怯。

甚至就在不久前，她還想著哄騙陸尚高興，借以在陸家立足。

然如今，她的眼淚像斷了線的珠子般，或是浸在陸尚的衣袖上，或是落在桌面上，兩隻眼睛又燙又澀。

偏生她哭得悄無聲息，叫陸尚越發憐惜起來。

等姜婉寧好不容易緩過這陣突如其來的情緒，她的眼睛已經完全腫起來了，也不知是情緒大起大落的緣故，還是被陸尚衣袖上的粗糙布料蹭的。

陸尚心裡叫著糟，嘴上卻是更溫柔了。「可是不哭了？阿寧這是怎麼了？是我哪裡惹妳傷心了嗎？」

他仔細回想了一下，從進門起她多是在跟兩個孩子說話，姜婉寧情緒忽變，好像是在……

陸尚眸光一動，猶豫地問道：「是那本書？」

姜婉寧垂著頭，不說「是」，也不說「不是」。

看她這個樣子，陸尚哪還追問得下去？只能天馬行空地全靠猜。他也是突然發現，這不識字的不便之處還是挺多的。

但凡他識上三、五個大字，也不會像現在這樣摸不著頭腦了。

片刻後，陸尚再次試探道：「那本書……跟妳爹娘有關？」

話音才落，他手上又是一涼，剛止住的眼淚再一次噼哩啪啦砸了下來。

行了，不用接著矇了。

陸尚長嘆一聲，捧起姜婉寧的臉，用指肚小心替她拂去淚水。「能跟我說說嗎？說說妳家裡的事。」
屋裡還睡著兩個小孩，陸尚又怕吵醒他們，又怕被他們聽去不該聽的，只好牽起姜婉寧走去外面。
陸奶奶正在井邊納鞋底，看見他倆出來正要打招呼，可轉眼瞧見姜婉寧，又生生止住了。
「啊……」陸奶奶吶然半晌，終是搬起屁股下的小板凳，悄無聲息地回了房。
這下子，院裡也就只剩陸尚和姜婉寧了。
陸奶奶先前坐著的井邊清清涼涼的，頭頂還有大槐樹投下來的蔭涼處，陸奶奶走了，陸尚緊跟著就頂上了。
姜婉寧許是還沈浸在自己的情緒裡，雖沒有再落淚，但瞧著蔫巴巴的，嘴角向下撇著，越看越是可憐。
陸尚也不催促，順手把吊在井裡的桃子提上來，用衣裳蹭了蹭，趁著毛桃變軟，很輕鬆地剝了皮。
「阿寧吃個桃兒，吃一口吧、吃一口吧……」他小聲逗著，看見姜婉寧張口，更是眼疾手快地遞到她嘴邊。
姜婉寧愣了許久，終於還是小小地咬了一口。
她不好意思一直被陸尚餵，小聲說了句什麼，便把桃子接了過來，只是拿來了她也不吃，就一直捧在手裡，時間一長，桃兒的汁水沾了滿手，雙手都變得黏糊糊的。

就在陸尚糾結著是繼續等還是先幫她擦擦手的時候，卻聽姜婉寧忽然開了口，她小聲重複了一遍——

「陸尚，我想爹娘了。」

陸尚聽到這裡只覺棘手，正思量著如何回應的時候，卻見姜婉寧又落了淚。

姜婉寧帶著哭腔說：「我還不知道我娘的病好了沒？還有兄長的腿，他的腿也不知道恢復了沒有……爹爹自獲罪後始終鬱鬱寡歡，我就怕他也病了，那誰來照顧娘親？誰來照顧他們呀……陸尚，我好想他們呀……」

姜婉寧終於忍不住哭出聲來，被她捧在掌心裡的桃子落到地上，她顧不得手上的黏糊，緩緩環抱住了自己。

說到底，她也才十幾歲，剛及笄的小姑娘，又是家境大變，又是離了爹娘，好不容易忍下對親人的思念，沒想到一個不留神，就拿到了父親最得意的論作。

觸景生情，那是最磨人的。

陸尚在她後背輕輕拍撫著，耐心等她將情緒發洩個乾淨。

他對姜婉寧的了解不多，寥寥數語，也全是從旁人嘴裡聽來的，除了知曉她出身京中，乃是犯官之女，若非為了救生病的母親，怎麼也輪不到一個小山村的病秧子娶回家。

其他諸如姜婉寧過去如何、家人如何，她未曾提及，陸尚也不曾問過，便是計劃過日後，卻也不曾將她的家人納入過考慮。

過了好久，陸尚才問：「我幫妳找他們好嗎？」

姜婉寧身體一顫，抬起頭，眸子裡存了兩分不信任，她啞聲說道：「聖上只說流放北地，北地廣遼，你去哪裡找？」

「只要有心，總有找到的時候。」

話是如此，姜婉寧卻並未抱有太大希望。

北地實在太大太大了，足足有二、三十個京城那麼大，且那裡地廣人稀，被流放到那裡的罪臣，往往是進去了便失了方向，自己走不出，旁人也找不到。

陸尚沒有跟她爭論，只按了按她的髮頂。「阿寧，信我。」

姜婉寧閉上了眼睛，放任最後一行清淚滑下。「我信你。」

兩人在井邊靜坐良久。

陸尚回屋拿了手帕，沾上水替姜婉寧擦乾淨了手上的桃汁，又替她褪下了外面的小衫，最後撿起地上髒掉的桃子，稍微沖洗乾淨，三兩口吃進了肚裡。

在他做這些的時候，姜婉寧始終靜默不語。

一直到陸尚安靜地坐下來，她才低聲開口。

「我家……我爹原是一品內閣大學士，那本《時政論》便是由他主持編著的。」

陸尚恍然大悟，終於明白了她所有的失態源自於何處。

姜婉寧沒有講太多京城局勢，也很少會說到朝堂黨派，只是說了說她的家人。

說她的父親為官清正，數十年來忠於朝廷，一心為民，無論朝上多忙，總會陪著家人用晚膳，悉心詢問她和兄長的功課，她的學識盡得父親所授。

說她的母親出身書香世家，性情溫和，不光將大學士府操持得井井有條，於兒女更是慈母。

說她的兄長文武兼備，曾為武進士，一桿長槍舞得虎虎生威，卻在流放途中為護她被官兵打斷雙腿。

她生活在一個溫馨富足的家庭裡，父母恩愛、兄妹和睦，若非家庭變故，她該嫁給一個家世相當的人，享一世安和的。

陸尚認真聽著，沒什麼見識的他根本想像不出學士府中會是何等光景，總歸不會像這小山村，買個東西都要去遙遠的鎮上。

他掩去心底的疼惜，故作輕鬆道：「如此說來，我豈不是妳認識的人裡本事最差的？」

姜婉寧笑笑，沒忍打擊他。

她大概是說累了，也可能是哭過後傷了心神，長長舒出一口氣後，就此打住了話語。

陸尚不再追問，重新找了張乾淨的帕子，用微涼的井水浸透後，摺成小小一塊，用來給她敷眼睛。

若非是到了家人起床下地的時間，他們還能繼續坐下去。

姜婉寧率先反應過來，她看了眼天色，低聲說：「該叫大寶和亮亮起來了，再睡下去就該頭疼了。」

她的聲音還有些啞啞的，但精神已經恢復了大半。

陸尚將她仔細打量一遍後，起身將她拽了起來。

隨著陸老二等人離開家門，姜婉寧也把大寶和龐亮叫醒，一人吃一個桃子醒醒盹，準備繼續下午的課程。

既然說好上午畫畫、下午學字，姜婉寧遵守了承諾，兩個孩子也該守信，無論願不願意，總歸是老實坐到了桌前。

陸尚的案桌只容得下一人，且案桌太高，並不適合小孩子。

姜婉寧便叫他們坐到圓桌旁，面對面坐著，她則在兩人中間，也方便同時兼顧兩個人。

「喏，這些紙都是陸尚阿叔的，他借給你們用，你們萬不可浪費，要小心使用。」姜婉寧叮嚀道。

她早前用溫水浸泡的毛筆已經柔順了回去，經她重新修剪後尚能一用。

這兩支筆便分給了大寶和龐亮，姜婉寧只在演示的時候會借用一二。

事實證明，寫字好看的人，無論用什麼紙筆，寫出來的字都是漂亮的，稍微一點差異，那也全是紙筆的緣故，不細看根本看不出來。

陸尚這次沒有出門，一開始也跟著坐在桌邊，後來看兩個小孩都寫出了像模像樣的大字，實在感到羞愧，便灰溜溜地離開了。

他原是想回床上躺一躺的，奈何躺下沒一會兒，桌邊的兩個小孩就回頭看了四、五次不止，最後連姜婉寧都無奈地看了過來。

「……我回來總行了吧？」陸尚苦笑，只得繼續陪著坐。

姜婉寧看他實在無聊，往他面前放了兩本書。

陸尚翻了兩頁，書上全是密密麻麻的小字，莫說他還不認識，就是認得這些字，也不一定看得下去。

要不是怕分散兩個孩子的注意力，他早就趴在桌上睡了。

陸尚從不否認，他就是個大大大學渣，看見書就犯睏的那種。

好不容易挨到龐大爺過來接孫子，兩個小的還沒什麼反應，陸尚先打了一個哈欠。「可終於結束了！」

他親自把龐亮送出去，難得覺得龐大爺好親切。

龐大爺把小孫孫叫到身邊，張口便問：「亮亮在陸秀才家學得如何了？可有聽陸秀才的話？」

龐亮眨眨眼，慢半拍地回答說：「聽話了，學了畫畫，還學了大字，我練習了自己的名字，還學會了寫爹跟娘。」

「哎喲，這麼厲害呀！」龐大爺讚許不已。

等祖孫倆說完了，陸尚才插嘴道：「龐大爺等一會兒，我把您早上帶來的東西拿來，您先帶回去。」

龐大爺嘴上答應得好好的，可等陸尚拎著東西從廚房出來，院裡早沒了龐大爺的身影，門外的牛車都趕出去好遠了。

陸尚愣了一下，不由得扶額。

眼看龐亮被接走了，大寶的心也跟著揚了起來，在他第三次在凳子上扭來扭去時，姜婉寧總算叫了停。

兩個小孩的水平差不多，龐亮雖會寫兩個字，但也只有兩個，一點都不是虛詞，大寶稍微趕一點就能追上了。

姜婉寧當然可以分開教導，但看兩個孩子玩得好，倒不如叫大寶多練上兩天，也就跟龐亮的進度一樣了。

只是她高估了小孩子的定性，有人陪伴時尚能安分一二，可小夥伴走了，那就是一刻都坐不下去了。

姜婉寧無奈，又沒有辦法。

最後她只好把大寶的紙筆收起來，抓著他肉嘟嘟的小手說：「大寶跟我說一說，今天都學了什麼？你說完我就送你回家，准你去找其他小朋友玩，不然就要繼續待在我家了。」

大寶被嚇了一跳，使勁回想著。「學了畫花，還學了字！」

「什麼字？」

「爹、娘，還有我的名字！」

姜婉寧又問：「那你還記得怎麼寫嗎？」

這一回，大寶語氣沒那麼肯定了。「我、我記得……好像記得也不是很清楚了……」他擔心自己會被留下，小臉一下子皺巴了起來。

姜婉寧捏了捏他的鼻子。「那你回家後好好想一想，等明天來了多練兩遍，可以嗎？」

「我可以回家啦？」大寶驚喜道。得了姜婉寧肯定的答案後，大寶又問：「那我明天還能見到亮亮嗎？我還想跟他玩。」

「可以呀，以後你們就是同窗了。」

「同窗是什麼？」

「就是一起學習的夥伴，是可以跟你一起進步的人……」姜婉寧把大寶帶出去，跟陸尚說了一聲，轉送他回家。

樊三娘不知他們何時結束，不敢輕易過去打擾，只能在家門口等著，待見了兩人身影，方匆匆忙忙地迎了上去。

她沒有問大寶學了什麼，反去問了姜婉寧。「大寶今天還聽話嗎？沒有給妳惹麻煩吧？妳跟我說什麼時候下學，以後我自己去接他，就不麻煩妳了，要不叫他自己回來也行，總歸就在村裡，丟不了的！」

「大寶很乖的。下學的時間還沒定下，等過幾天再說。我也沒什麼事，送送便送送吧，雖說是在村裡不假，可萬一遇上不好的事，那就不好了。好了，三娘妳快回去吧，我也走了。」

「哎妳先別走，家裡燉了茄子，我給妳捎上一碗！」

說著，樊三娘就往家裡走去。

姜婉寧卻是連忙拒絕。「不用啦，下次吧！」就她記憶裡，這幾次跟三娘見面，回回都要拿點東西，從沒有空手回家的時候。

樊三娘是不願貪她便宜，同理，姜婉寧也沒得回回都要的。

樊三娘攔不住，只好送她離開。

等姜婉寧送完大寶回來後，各家各戶已升起炊煙。

陸老二家的人都回來了。

王翠蓮習慣性要找姜婉寧麻煩，找了一圈都沒找到人，結果不等她開口，就先被陸尚頂了回來。

「我叫阿寧幫我送大寶回家了，二娘找她有事嗎？要是做飯的話，就不用擔心了，我提早熱了饅頭，之前剩的豬雜湯也還有一點，晚點兒下把麵條就是了。」

這做飯的活兒他給擔下了，王翠蓮也沒了由頭。

最讓她堵心的是，陸光宗從外頭玩了一身泥回來，不說問問她這個親娘累不累、熱不熱，竟先湊去陸尚那邊！

「大哥，你要我幫忙嗎？」

陸尚嫌棄地退後半步。「快去洗乾淨，別把泥點子濺在灶臺上。」

「喔——」陸光宗應了一聲就離開了。

從王翠蓮身邊經過的時候，陸光宗連招呼都沒打一聲。

這叫接連受氣的王翠蓮再也忍不住了，三兩步追上去，一把揪住陸光宗的耳朵，大聲責罵道：「你個小兔崽子又去哪裡瘋了？你看你，弄得這一身泥！你等著誰給你洗衣裳呢？你以為家裡還有洗衣裳的人嗎？」

陸尚遠遠聽了兩句，便知道王翠蓮又在指桑罵槐。

只是姜婉寧不在，她既聽不到，誰又在乎呢？

後面兩天，陸尚的作息甚是規律，早起練上兩套健身體操，出門沖個澡，回家就守著姜婉寧，看她給兩個小孩講課。

姜婉寧在孩子們練字的時候順便寫了給書肆的字帖，一張字帖三百字，兩天就能完成。

而她的字沒有寫毀一說，兩張字帖的筆跡還不同，到時把兩張字帖都帶上，又是一筆不菲的收入。

託龐亮和大寶的福，兩天下來，陸尚竟也識得四、五個字了。他無法把這進步的喜悅分享給姜婉寧，只能藏在心裡自己消化，最後受不了，把家裡的幾個小兒堵在家門口。

陸曉曉、陸秋、陸光宗、陸耀祖，有一個算一個。

「今兒我高興，便教你們寫幾個字！爹和娘知道吧？今天就先學這兩個！」

陸曉曉和陸秋性子靦覥，大哥說什麼就是什麼。

陸光宗和陸耀祖可就不願意了，拿著樹枝比劃了半天後，趁陸尚一個不注意，閃身就溜了出去。

一連過了三天，家裡一切正常，陸尚也終於收了心思，開始考量起他和觀鶴樓的合作來。

閒了這麼幾天，他也不是一點都沒有思慮的。

無論是尋找合適的農戶，還是給觀鶴樓提供滿意的供貨源，最重要的還是一個訊息收集問題。

偏他一個「外來戶」，最薄弱的也就是對周邊村鎮的了解。

依照他的想法，找再多的人打聽，也不如自己親自走訪一遍，在走訪過程中興許還能發現一些其他的東西。

他不缺走訪探查的時間，唯一擔心的，便是他不在家時，姜婉寧會不會被王翠蓮為難？萬一再把姜婉寧教兩個孩子識字、唸書的事揭發出來，那就不好辦了。

正在他考慮著如何周全的時候，家裡卻發生了一件大事——

家裡遭小偷了！

之前他和姜婉寧商量過，要把魚和豬肉燻製、醃製了，然而他們才一提出，就被王翠蓮截胡了。

正趕上三人小學堂初辦，他們便也沒在意。

最開始那兩天確實可以在家裡看見醃製掛曬的豬肉條、魚肉乾，但等肉條、肉乾做好後，那可就再也沒看見過了。

連著飯桌上都恢復了往日的寡淡，稍微沾了一點油水的炒青菜都能受到孩子們的哄搶，若說成塊的肉，那是一天也見不到一塊的。

陸老二率先表達出不滿。「尚兒前些天帶回來的豬肉呢？怎麼一點肉都不放？沒有肉，蒸條魚也行啊……」

「肉什麼肉？真是有點東西就惦記，吃不著了你能饞死還是怎的！」王翠蓮張口便罵。「不想吃就別吃了！有人做飯就不錯了，還挑三揀四，有本事你也自己做啊！」

被王翠蓮這麼一通數落，陸老二臉上有些掛不住，惡狠狠地瞪了她一眼，卻沒有再說什麼了。

陸尚則是懶得摻和他們這些事。

姜婉寧不經意抬頭，卻正好瞧見了王翠蓮目光閃爍的模樣。

她神思一凝，隱約覺出兩分不對勁來。

然不等姜婉寧將這份猜測說與陸尚聽，稍後收拾碗筷的時候，一轉身就發現堆在廚房角落裡的大小包裹全不見了。

那些包裹裡放著的是肉、蛋、菜等物，全是龐大爺送來的。

因肉類都是燻製過的，在陰涼地能放上一段日子，兩人便也沒管，就等一個合適的機會，好把東西還回去。

哪想就才兩天沒注意，東西全不見了！

姜婉寧甚至想不起來，上次看見它們是什麼時候。

等全家人都過來後，反而是原本就在廚房裡的王翠蓮沒了蹤影。

聯想起剛才王翠蓮那副色厲內荏的模樣，一切都有了結論。

陸尚開口問：「二娘呢？」

陸耀祖抓抓頭。「娘出去了，她說有點事，晚點再回來。」

「她能有什麼事！我看她就是出門躲禍去了！」陸老二一聲暴喝，一拳砸在門板上。

陸尚和姜婉寧對家裡的事了解不多，但陸老二和陸奶奶，乃至已經娶妻生子懂事了的陸顯，早在發現東西丟了的時候，就猜出了「偷」東西的人是誰了。

陸老二面色鐵青。「哪來的小偷？咱們陸家村好些年沒丟過東西了！再說了，家裡一直有人，還能進來人了都不知道？這明顯又是王氏把東西偷回娘家了！她打早就想給她弟弟送東西了，但家裡沒好東西，又一直被我壓著，這才歇下心思。現在家裡又是魚、又是肉的，她能不心動？」

陸奶奶也補充了一句。「前兩年也發生過一次這種事，我給尚兒買來補身子的雞蛋，被她拿走了一半多，全送回娘家了。」

陸奶奶自認不是刻薄的婆婆，兒媳偶爾拿點東西去補貼娘家，她也不是全然不同意的，但自己家都過得這麼難了，怎麼還一心想著往娘家送東西？王翠蓮可曾想過，家裡還有她親生的五個孩子在？

何況，這回觸及了陸尚的利益，可是踩到陸奶奶的大雷。

眼看爹和奶奶都發了火，幾個小的噤若寒蟬，根本不敢說話。

陸顯倒是想為王翠蓮說兩句話，可他還沒張嘴，就被陸老二打斷了。

「你閉嘴！這有你說話的分嗎？」

馬氏忙扯了扯陸顯的衣袖，生生把他拽去後面，小聲地勸道：「你先別說了，爹跟奶奶正在氣頭上呢，小心遷怒了你……」

最終，只得再由陸尚開這個口。

「等二娘回來再說吧，這麼多東西，不能冤枉了人，卻也不能輕易放過去了，且等二娘回來再問個清楚吧。」

「等個屁！」陸老二是個急性子。「我現在就去把她找回來！」

說完，陸老二轉身就往外走。

家裡人都見過他暴怒打人的樣子，便是擔心王翠蓮的，見狀也不敢攔了。

片刻後，陸奶奶重重地嘆息了一聲。「這都叫什麼事啊……」

陸尚看了看周圍。「你們都回去吧，該做什麼就做什麼。阿寧也是，妳先回房吧，我一會兒就回去。」

其他人沒應聲，姜婉寧先答了好。

隨著姜婉寧離開，陸曉曉和陸秋也悄聲離去了。

陸光宗眼珠子一轉，扯上旁邊的陸耀祖，也快步跑回了房。

馬氏藉口看孩子回了房，臨走前把陸顯也拽上了。

至於他們是不是躲在房間裡聽外頭的動靜，那就不是陸尚能管得了的。

第九章

老實說，陸老二找人的本事還是不錯的。

陸尚和陸奶奶才等了小半刻鐘，就聽院裡傳來拉扯爭執聲，出去一看，正是王翠蓮被陸老二抓了回來。

王翠蓮拚命想往外掙，嘴上仍是死硬。「你拽我幹什麼……你就是誣衊我！我都說了我要去幫人家燒火，你抓我幹什麼！」

陸老二根本不跟她吵，死死掐著她的胳膊，稍微用上點力氣，就叫她全無還手的餘地，只能被生拉硬拖了回來。

等兩人都進門後，陸老二一腳關上了院門，手上用力一甩，竟是直接把王翠蓮推搡在地上。

「哎喲喂——」王翠蓮大叫一聲。「陸老二，你要殺人啊！」

村裡的房舍本就沒有隔音一說，而院裡院外的一堵圍牆，更是隔絕不了任何聲音。不用猜都知道，他們在院裡吵，左右鄰居都會看熱鬧的。

但誰家又沒有點熱鬧呢？

陸老二根本不覺丟人，直接質問。「說！妳是不是又偷東西了？」

「偷」這個字狠狠刺痛了王翠蓮的心，她不哭也不嚎了，一骨碌從地上爬起來，插腰就是罵。

「陸老二，你說什麼呢！我在自己家拿東西，怎麼就是偷了？你今兒不把話說清楚，咱倆就別過了！」

看她那架勢，好像犯了錯被抓住的是陸老二一般。

這時陸尚攙著陸奶奶出來，他的聲音不大，卻一下子止住了院裡的嘈亂。

「二娘，妳看見之前龐大爺送來的那些東西了嗎？還有前幾天醃的豬肉和魚，拿出來給大夥兒看看吧。」

王翠蓮雙手放了下去，臉上的表情頓時變了。「我、我沒看見……看什麼看？東西就在那兒，還能丟了不成？」

其餘人皆不說話，就等著她把東西拿出來。

然而那些東西早被她一趟趟地送回了娘家，哪裡還能拿得出來？僵持再久，也是要敗露。

王翠蓮的娘家也在陸家村，和陸老二家在一個對角線上，兩家離得不算太遠，但走一趟也要小半個時辰。

前些年兩家來往還算親近些，但自從王翠蓮那個弟弟成了親後，王翠蓮隔三差五就要拿東西回去補貼，自然引得陸老二等人不滿。

這一來二去的，兩家便生了隔閡，除了逢年過節時會走動一二外，平日裡就少有交集了。

兩家交情一般，卻並不妨礙王翠蓮拚命往娘家折騰東西，好的有肉有蛋，差的有自己摘的菌子，等到了秋日，她採摘的皂角也會送過去，叫弟妹拿去賣錢。

說句難聽的，她待自己兒女都不如待她弟弟上心！

之前等她回來的時候，陸奶奶就把這些亂七八糟的事給陸尚講了一遍。

陸奶奶頗有些憤憤地跟陸尚說「要不是看她給老陸家生了好幾個孩子，老二早跟她和離了」。

對此，陸尚很難置喙。

但他不插手陸老二和王翠蓮夫妻間的事，並不代表他能忍受自己的東西遭人染指。

全家一起吃可以，但吃了、喝了後還要連拿帶送地給別人？

那不行。

王翠蓮始終含糊著，支支吾吾說不出一句準話。「晚點吧，我現在沒空……你這才吃了晌午飯，也吃不下了，就別折騰了。」

陸尚緩緩說：「二娘要是找不到了，又實在不知道東西去了哪兒，那大概就是家裡進了賊了。賊人偷了東西，我又捉不到他，恐怕也只能報官，請官府幫忙搜捕了。」

「報官?!」王翠蓮驚得都破了音。

陸老二和陸奶奶也被嚇了一跳，尤其看陸尚的表情不似作假，兩人的心不覺偏了偏。

「尚兒啊，這報官是不是過了……」

「過了嗎？」陸尚垂眸。「先不說那些魚跟肉，龐大爺送來的那些東西我可沒說要，那它們就還屬於龐大爺，只是暫放在咱家而已，如今東西在咱家丟了，不該給龐大爺一個解釋嗎？反正今天要是找不到賊人，我也只能報官了。趁著時辰還早，早點報官早省心。」

看陸尚鐵了心，王翠蓮終於忍不住了，她尖叫一聲。「我不就是拿了點東西而已，你們至於嗎?!」

「拿了點東西？」陸尚氣極反笑。「二娘是不知道那些豬肉價值多少錢嗎？還是不知道龐大爺的那些東西值多少錢？二娘要是實在不知道，我就幫妳算一算吧，看看總價是不是該坐大牢了。」

用不著陸尚算，王翠蓮一清二楚。

要不然她也不會沒黑沒夜地連跑十幾趟，又是躲著又是藏著的，把東西全搬回娘家，連點肉渣渣都沒留。

而且她拆開看了，龐大爺送的東西裡有一盒精緻的點心，一看就是值錢貨。

陸尚下了最後通牒。「我不管之前如何，反正這次的東西都是我和阿寧買來的，在家裡大夥兒一起吃可以，給旁人就是不行。二娘要不就把東西原原本本拿回來，要不就照價賠償了。要是這兩者都做不到，抱歉，我只能請縣太爺作主了。」

補貼娘家也好，幫扶弟弟也罷，這是陸老二該操心的事，遠不是他該管的。

還是那句話，別碰他的東西。

王翠蓮徹底慌了神。

東西是前幾天就開始拿的，最初送回娘家的豬肉也早被分吃了，連那盒點心也送了人情，她根本還不回來！

她茫然地看著陸尚，接著忽然撲向了陸老二。「當家的，你幫幫我！你跟尚兒求求情吧，我下次再也不敢了！我下次再也不敢了，這次就算了吧，這次就放我一回吧……」

陸老二看見她就煩，胳膊一甩把她推走，扭過頭去。「就依尚兒說的辦！妳不是一心想著妳那個瞎了一隻眼的弟弟嗎？那妳就滾回娘家去，什麼時候不想了，什麼時候再回來！」

一句話戳中王翠蓮兩個痛處，她渾身一震。

陸尚這才知道，原來王翠蓮的弟弟還有眼疾，但他也只是注意了一下，轉瞬就不在乎了。

他的底線已經給出，剩下的該如何處理，便全交給他們自己商量。

也虧得小學堂休假，大寶和龐亮都沒來，才沒叫家醜傳得更遠。

等回了房間，陸尚簡單把事情經過跟姜婉寧說了一下。

姜婉寧未對任何人點評，只是有點惋惜。「早知道我就早點把魚和肉收起來了，白白浪費了這麼多錢。」

陸尚的心情因她的反應有所好轉，他不禁笑笑。「這次記住了，以後妳我再買東西回來，就全收回屋裡。」

姜婉寧表情糾結，明明知道這樣做不好，可又實在心動。

最後她還是點了頭。「嗯！」

當天晚上，飯桌上就沒有王翠蓮的影子了。

陸尚問了一句，才知道她已經回了娘家。

根據以往的慣例來看，沒個三、五天是不會回來的。

陸奶奶拍了筷子。「上次她偷東西被趕回去，那是耀祖哭著鬧著要娘，我才不得不把她請回來，哪想她屢教不改，這次休想我再去請！老二，你這回把光宗、耀祖看好了，我看誰還能給她通風報信！」

陸老二填了滿嘴的饅頭，嗚嗚地應了一聲，對此甚表贊同。

被王翠蓮拿走的那些東西暫且不提，她如今回了娘家，卻是給陸尚省了大心。

他原還要顧忌姜婉寧在家的處境，現在最難搞的不在了，他也好放心出門。

是夜，熄燈後，陸尚跟姜婉寧道：「趕明兒我出趟門，去周圍村子裡轉轉，妳在家小心著，有什麼處理不了的就先放一放，等我回來再說。要是王氏回來了，妳便避著她，別跟她正面衝突。」實在不是陸尚瞧不起她，便是姜婉寧真鼓起勇氣跟王翠蓮正面槓上了，就她那細胳膊細腿的，可不是要被壓著教訓？陸尚越想越擔憂。「不行，我明天跟奶奶說一聲，叫她留在家裡陪著妳吧。」

姜婉寧心裡淌過暖流，不由得寬慰道：「沒事的，我不怎麼出房間，上午跟下午都有大寶和亮亮在，家裡以為我是在幫你做事，怕誤了你的事，不會對我怎麼樣的。」

這裡就不得不再提一句陸尚的用處了。

很多事情有他在前面擋著，那簡直就是有了一道護身符，不會輕易失效。

她又問：「是因為觀鶴樓的生意嗎？」

「對，畢竟拿了錢，不好拖太久。」

姜婉寧對生意上的事不太懂，也不知該問些什麼，沈默半晌後，只含糊了一句。「那你路上小心，我在家等你……」

「嗯。」

夜色漸深，耳邊的呼吸聲亦趨於平緩，陸尚卻怎麼也睡不著。

想到明日要做的事，他沒有絲毫忐忑或畏縮，反重拾起許多年前的興奮。

只是這一次……

陸尚側過頭，藉著月光細細打量著姜婉寧的睡顏。

興奮之餘，他第一次體會到了有人等候的心安。

為了避免無端的詢問，陸尚特意起個大早，趁著村裡還沒什麼人走動就離開了。

只是可惜了他的健身體操，才堅持沒幾天，尚未見到什麼功效，便又要中斷了。

陸尚起時儘量沒有發出聲音，然而就在他換個衣裳的工夫，一回頭，卻見姜婉寧已經睡眼惺忪地坐了起來。

姜婉寧低聲問了句。「這麼早就走嗎？」

陸尚沒忍住，返回去搓了搓她的髮頂。「妳繼續睡著，等回來我給妳帶吃的。或者妳有什麼想要的嗎？」

姜婉寧搖搖頭，不顧他的勸阻，堅持下了床。

她去牆角的櫃子裡翻了半天，終於找出一個被團得皺巴巴的布兜，稍微整理整齊一點了，方遞給陸尚。「你帶著這布兜，裡面裝點吃的喝的，途中買了東西也能放進去，也省得你手上再拿東西了。」

「還真是呢！」陸尚表示讚許。「妳不說，我又要忘掉了。」

他又仔細檢查了一遍，確定再無遺漏，繼而準備出發。

然而臨行前，姜婉寧又一次叫住了他，看她的表情，似乎還有些遲疑。

陸尚頗有耐心地問：「還有什麼要囑託的嗎？」

姜婉寧細聲說了什麼。

陸尚沒有聽清。「什麼？」

「我說，我給你重新冠髮……」說完，姜婉寧只覺耳上一熱。

就陸尚那梳頭的手藝，已經不是好看或不好看的問題了，沒有披頭散髮，或許便是他能做到的最大努力。

這樣子在家裡沒什麼，走在村裡也無傷大雅，可既然是要出去，又是去見客談生意這種大事，少不得缺了幾分鄭重。

聽聞此言，陸尚大喜。

他早就苦這一頭長髮久矣，隨著外出的次數增加，將其剪短的念頭也越發強烈，他都想好了，只要能看見一個短髮之人，他一定會做第二個！

而姜婉寧的提議，無疑是解了他的燃眉之急。

至於夫妻之間冠髮代表著什麼，陸尚顯然沒多想。

屋裡的銅鏡很模糊，但這一點都不妨礙陸尚對鏡欣賞。

也不知是不是他的錯覺，他總覺得換了個髮型，整個人的氣質都不一樣了。

姜婉寧的手很巧，經她打理，再也不會出現甩甩腦袋，髮冠就散開的事，就連陸尚額前的碎髮，如今也服貼地附在兩側。

陸尚美滋滋地看了好幾遍，不禁感嘆。「阿寧的手真巧，要是不麻煩的話，以後就多煩勞妳幫忙了。」

他沒注意到姜婉寧的面色，瞧著窗外隱約見到了朝霞，起身最後查點一遍，就快步離了家。

姜婉寧沒有跟出院子，她站在房門口，望著越發模糊的背影，驀然升起一股悵然若失之感。

等陸家人發現陸尚出門時，陸尚早出了陸家村。

而不等他們逼問姜婉寧，龐大爺又把小孫孫送來了。

這兩天一直都是姜婉寧接孩子的，便是沒看見陸尚，龐大爺也沒起疑，高高興興地把龐亮交給她後，再問了一聲好。

「那我就先走了，乖孫你可聽話用功，別叫陸秀才生氣啊！」

「好。」龐亮乖乖地點頭。

龐大爺一甩長鞭，驅著牛車去接要到鎮上的人。

既然龐亮來了，大寶也很快就會到了。

這幾天上學、下學的時間差不多固定了下來，大寶就由樊三娘自己接送，偶爾來不及了，才會請姜婉寧給送一送。

眼看兩個孩子都到了，陸家人再是著急，也無法多問什麼，只能放任姜婉寧帶著孩子進去。

為了躲避陸奶奶等人的追問，姜婉寧上午都沒帶他們出來，中午吃完飯很快又回去了房裡，全然不給他們詢問的機會。

至於被一家子惦記著的陸尚，他走得太早，路上根本看不見第二個人，他又不知方位，只能埋頭走著。

好在隨著太陽升起，鄉間小路上漸漸有了其他人影。

陸尚也是運氣好，碰見了從山上打獵回來的獵戶，獵戶驅著一頭驢子，後面的車上捆了十幾隻兔子，看來多半是把兔子窩給端了。

等他把人攔住一問，原來獵戶是周邊署西村的人，在山上守了四、五天，這是要回家安置兔子的。

署西村？

陸尚回憶半天，終於想起來——

這不就是先前給觀鶴樓供貨的那個養鴨農戶所在的村子嘛！

這就是運氣來了，擋也擋不住嗎？

陸尚掩去眼底的喜色，拱手道：「大哥方便捎我一程嗎？我是隔壁陸家村的人，家裡婆娘懷了身孕，就是饞一口鴨子，我聽人說署西村的肉鴨最是肥美，就想著去給她買兩隻。」

「買鴨子啊？」獵戶了然。「那行，你上來吧。」

行進路上，陸尚得知獵戶姓孫，跟他打聽起村裡養鴨戶的情況，為了取信於人，還特意跟孫獵戶買起了兔子。

「我看孫大哥你的兔子也挺好的，能賣我兩隻嗎？」

「又是給媳婦兒吃的？」

陸尚笑笑。「都行，她要是喜歡就給燉了，不想吃就養著。」

「那成，我給你挑一公一母，養幾個月又能下一窩了。」孫獵戶自祖上就靠打獵為生，為保安全，他家基本不會去深山，只在外圍蹲蹲野雞、兔子，碰上春夏獵物多的時候，也能賺點小錢。

「那敢情好，多謝孫大哥了！兩隻兔子多少錢？」

「都是周邊村裡的，我也不多賺你了，公兔三十文，母兔四十文，我再送你兩個野鴨蛋。」

上次去塘鎮時，陸尚也碰見過賣兔子的，人家那是打包賣，一窩八隻，公母都有，一共二百文，算下來一隻兔子只賣二十五文。

兔子這玩意兒繁殖得很快，秋冬時興許還能貴上一點，可如今這夏季裡，漫山遍野都是兔子，就連尋常小孩都能逮上一隻，兔子一泛濫，自然也就不值錢了。

孫獵戶還真是沒多賺啊，也就「只」賺了二、三十文。

不過陸尚此行另有目的，犯不著為了這點小錢跟人起爭執。

等陸尚痛快地給了錢後，孫獵戶的態度更是親熱了。

「好好好，你剛才說要給媳婦兒買肉鴨是嗎？我知道一家專門養鴨子的，鎮上的大酒樓你知道吧？他家之前的鴨子就是專門供給那酒樓的，後來出了事，酒樓不要了，那一舍的鴨子就全砸在了手裡。要我說啊，也是那酒樓不厚道，多大點事嘛，說不要就不要了，這不是生生斷了人家的生計嘛！」

觀鶴樓中斷合作既是為了自己的口碑，更是打著為客人好的名號，不願承擔多餘的意外。

可到了村民口中，那就是酒樓忒不近人情了。

人家老楊也不是故意的，再說又不是同一批鴨子，能有什麼禍？

各方有各方的為難，陸尚不做評論。

反正走了這一路，他也把署西村的情況摸得差不多了。

署西村家家戶戶都養鴨子，有些是在周圍或鎮上零賣，有些是給固定的酒樓、餐館供貨，但後者只極少數，一隻手都數得過來。

陸尚好奇地問道：「村裡的鴨子都是一樣的嗎？」

「反正我瞧起來是一樣的，但老楊非說他家的好。之前酒樓的管事親自來看的時候，也只挑中了他一家。」

老楊家的肉鴨能被觀鶴樓選中，自是有其優勢所在，而這既然是他家賺錢的門道，肯定也不會輕易被旁人知道了。

說著說著，便到了署西村。

從村口看去，署西村和陸家村並沒有太大差別，一樣的泥草房，一樣的小河、山丘，大片大片綠油油的耕地穿插其中。

唯一的區別，便是署西村有許多棚舍，棚舍裡養著雞、鴨、鵝等家禽，從外頭看，還有兩家做繁殖家兔的。

孫獵戶說：「你要是買牛、羊、豬也可以來我們村，我們村有兩家養豬的，一家養牛、羊，都是精心飼餵起來的，絕對比其他地方都肥壯！要驢子或騾子，那也是有的！」

若是說陸家村以農耕和零散小活兒為主，那署西村就是以家禽、家畜為生，已然是一個小型牧場。

陸尚應了一聲，觀察得更加仔細了。

這個時間，路上的村民多了起來，一村之間都是熟面孔，驀然見了陸尚這個外人，少不得好奇地打量一二。

孫獵戶好心將他拉去了老楊家，又給他捉了兔子，拿好野鴨蛋和贈送的草籠，這才驅車折返回家。

正如他之前所提過的，老楊家是村裡數一數二的養鴨大戶。

陸尚一轉頭就能看見家宅左右的棚舍，這些棚舍都圍了起來，上面搭設屋頂，只在頭頂高的位置留下一尺長的通風口，又在各面留下方便進出的小門。

只要一靠近老楊家，就能聞到大群鴨子聚集的味道。

坦白講，並不好聞。

可放在以此為生的農戶家裡，只要能賺錢就夠了。

正當陸尚在鴨舍外徘徊的時候，老楊家出來了人。

是一大一小兩個孩子，最大的那個看著也不過十二、三歲，光著膀子，正對身後的小弟指指點點的，然而等他看見陸尚，卻是一瞬間起了警戒。

「你是誰？」

陸尚退後兩步，舉了舉手裡的草籠，特意露出裡面的兩隻兔子。

「我是陸家村的人，受人囑託，來署西村採買些禽畜，聽說你家的肉鴨最好，特意過來看看的。你看，我這兩隻兔子就是剛剛從孫大哥手裡買的，也是他送我過來的。」

提及孫獵戶，男孩眼中的戒備便散去了兩分。

但他還是不能徹底放下心，推了後面的小弟一把。「你去喊爹娘出來，就說有人想買鴨子。」至於他自己，則還是跟陸尚面對面對峙著，生恐他對鴨舍裡的鴨子做些什麼。

男孩的這份舉動，反叫陸尚生出了幾分讚賞。

趁著小孩去喊爹娘時，陸尚試圖跟男孩套近乎。

陸尚問：「你多大了？」

男孩不答反問。「你買鴨子做什麼？」

陸尚只好問：「這些鴨子全是你家的嗎？」

男孩竟答道：「誰叫你買鴨子的？」

陸尚無語。

哪料陸尚問一句，男孩也反問一句，說了大半天，兩人光互相提問了，根本沒得到一個回答。

陸尚被逗笑了，擺擺手，只好作罷。

正當兩人相對無言的時候，家裡的大人終於出來了。

大概是出現了被中斷合作的事故，夫妻倆的面容都有些憔悴，饒是想對陸尚露露笑臉，扯出來的笑容也格外牽強，眼尾間全是心酸。

「我聽小九說，公子是來買鴨子的？」

陸尚沒有把話說死，拿出原有的措辭，又中和了一番給孫獵戶的說法。「是這樣的，我有個朋友，想要大批購入肉鴨，我四下打聽後，聽說署西村老楊家的鴨子養得最好。正巧我家夫人懷了身孕，饞了好幾天的鴨子，兩樁事撞在一起，所以我就過來了。」

「喔喔喔，是這樣啊……」楊木了然，讓開門口，請人進去坐。

兩人互相交換了姓名。

楊木是個老實人，陸尚坐下沒多久，他便磕磕巴巴地說道：「陸兄弟可能不知道，我家之前是跟塘鎮的觀鶴樓合作的，我家的鴨子也只賣給他家。但月前出了一次事故，一車的鴨子都落了水，好不容易救上來一半，沒想到送回來沒幾天就染了病，那一批鴨子全沒了……觀鶴樓怕鴨舍的鴨子被傳染，跟我們斷了合作，但我觀察了大半個月，尚未發現有癥狀。如今你想買我家的鴨子，我也不瞞著你這事，你再仔細考量考量吧。」

觀鶴樓的肉鴨供給出了問題，陸尚已經聽不同的人說了不下三遍了，但每個人的說辭都不一樣，各有各的出發點。

他做生意的十幾年，最大的收穫就是不要全信任何一個人的說辭，有時眼見都不一定為實。

陸尚沈吟一二後說：「那這樣，我想看看楊哥家的鴨子行嗎？等回去後我跟上面的人再說說，看看該怎麼辦才好？畢竟是單大生意，我一個小小的間人，說了也不算。」

「行行行！」楊木對陸尚原本還存了兩分懷疑，如今一聽他只是個間人，反而放心不少。

之後在他和妻子柳氏的帶領下，陸尚分別進了東西兩個鴨舍裡。

東面的鴨子是跟病鴨接觸過的一批，但依陸尚親眼所見，並沒有看出牠們有哪裡不妥。

西面的鴨子雖沒有跟病鴨接觸過，但飼養的時間短，個頭也偏小，不如東面的那批肉多肥美。

陸尚有注意到，楊家的鴨舍裡飼餵的不是草料，而是一種被攪碎的糊糊，有些破碎不完全的，依稀能看出是摻了麵食。

他沒有細問飼餵的問題，轉而問道：「之前鴨子生病，就沒有請懂行的人給看看嗎？」

楊木不解。「懂行是指？」

「就是能給雞、鴨看病的大夫。鄉里間或鎮上什麼的，就沒有這類人嗎？」陸尚暗暗想著，還是要有個獸醫在，確定這些鴨子未染病，他才敢盤算下一步的計劃。

但叫他失望的是，楊木搖了搖頭。

楊木搓搓手，說：「我們自家算嗎？只聽說有給人看病的郎中，哪有什麼給雞、鴨這些牲畜看病的大夫？不過我家養鴨子養了十好幾年了，看鴨子的狀態也能判斷一二，便是村裡的其他養殖戶，也都多多少少有點經驗。」

然而這點經驗，相對於老道的獸醫來講，到底是不夠的。

陸尚搖搖頭。「也罷，這邊的情況我大概是了解了，回去後會如實和上頭的人講清楚的。這樣，我還想去其他人家看看，楊哥要是方便的話，先給我逮兩隻鴨吧？我給我媳婦兒帶回去。」

「哎，好好！陸兄弟你看要哪兩隻？」

陸尚挑不出優劣，在西面隨手指了兩隻，抓上來才發現，其中一隻氣勢凜凜，被逮住翅膀還一拱一拱地往前要啄人。

陸尚失笑。「楊哥家的鴨子倒是好精神。」

楊木不好意思地撓撓頭，細看又帶了點自豪。「那可不？陸兄弟你儘管去看，整個村子的養鴨戶，保管是我家的鴨子最神氣！」

到最後，這兩隻鴨子也沒收錢。

可以看出來，楊家是真遭到了困難。

楊木把陸尚請去一邊，低聲說道：「陸兄弟要是瞧著不錯，還請跟主家美言兩句。我家一共養了九百多隻鴨子，觀鶴樓突然不要了，實在處理不掉。你那邊的主家要是能收，我們也能便宜實惠些賣，陸兄弟你的間人費我也能再掏一份。」

間人嘛，賺取的便是差價或賞銀。

楊木覺得不妥貼，還叫柳氏回屋包了個小紅包，拉拉扯扯地非要塞給陸尚。

等陸尚好不容易拒絕了走掉，身上的衣裳也被拉扯得凌亂不堪。他一邊笑一邊打理，在鄉間小路上又隨機挑選了一個幸運兒。

「大爺，我看您後頭割的是牛草吧？您家養牛嗎？」

從旁經過的大爺腳步一頓，抬頭打量起這個眼生的後生。「是哩，你是？」

「我是隔壁陸家村人士，受人囑託，要幫主家尋一頭小牛犢，剛從楊大哥家給媳婦兒買了鴨子出來，這不碰巧遇見您了嘛！」

果然，有了從孫獵戶那兒買的兔子和從楊家帶出來的鴨子做筏子，大爺的表情頓時緩和了些許。

「要買小牛犢的話，俺家沒有，俺家就養了三頭牛，今年沒下小牛犢，你得去張家看看。」

「那大爺方便給我指個路嗎？」

大爺熱心地給他指了路，看他打扮也不像買得起牛的，交代完也就離開了。

「張哥說那邊的牛是可以吃的？」在陸尚的印象裡，古代的黃牛向來備受保護，可吃的倒是少見。

張懷金便簡單地給他解釋了一番耕牛和肉牛的區別。

大昭的牛分為耕牛和肉牛兩種。

耕牛在出生三個月後要去衙門備案，交上一定的銀錢，換取一個備案的印章，這樣這頭牛就受到了律法保護，只能用作耕作拉貨，不可宰殺食用，也不可隨意售賣。真要買賣了，同樣要去衙門登記備案，做一個轉移的文書。

耕牛要是不小心被旁人誤傷了，傷牛的人是要下大牢的。

而肉牛的用處就比較廣泛了，主人不光可將其用作農耕，是殺是賣全隨主人處置，故而在市場上的流通也多。

至於說耕牛和肉牛在農作上的差異有多大，那還真不好說。

畢竟衙門的備案給錢就有，花了大把錢買回來的耕牛可能是頭老弱病殘的，而較低價格購入的肉牛也可能正當壯年。

有些不懂的農戶，在這上面可是吃了大虧。

陸尚雖不了解其中的許多規則，但他看牛也只是一時興起，若說買牛什麼的，至少這個階段，他還沒那麼多銀子。

「那牛肉怎麼賣？」陸尚有些心動。

「牛肉啊……我家上個月剛宰了一頭，整頭賣給了鎮上的大戶，合計下來一斤八十八文，價格還算合適。」

陸尚無語。

便宜的豬肉只要十幾文一斤，牛肉偏要八十幾文一斤，難怪他上次去觀鶴樓時，沒聽人說到牛肉。

也就是說，這個牛不吃也罷。

陸尚訕訕地，轉問起剛兩個月大的牛犢和成牛的價格。

不出他所料，一隻兩歲左右的成牛要一百多兩，母牛還要再添二十兩，便是才出生沒多久的小牛犢也要八十多兩。

張懷金倒沒奢望當場做成一筆生意。「反正我家是署西村最大的養牛戶，你便是去周圍十幾個村裡看，也沒有比我家更多牛的了。買不買隨你們，價格嘛也很公道了。」

「好說好說，我回去了一定跟主家說清楚，要是買的話，我一定來找張哥！」

陸尚一路走、一路問，一整天下來，不說把署西村轉了個遍，可幾個養殖大戶的家裡都是去過了的。

正如他在孫獵戶車上聽過的，所有常見的禽畜，在署西村都能找到，品質有好有壞，價格也有高有低。

他過來原本只是為了肉鴨，如今見了那麼多，反生出幾分別的念頭。

而他邊看邊買，等傍晚從署西村出來的時候，已經帶了兩隻兔子、兩隻鴨子、一隻長頸鵝，以及一整窩的小雞仔。

至於另外拎著的那一提籠雞、鴨、鵝的蛋，全是養殖戶送的。

回去的路上，陸尚就沒那麼好運氣了，好不容易碰上了驢車，一問還是往陸家村相反方向去的。

無奈之下，他只好拖著一群家禽，徒步走回家了。

等陸尚抵達陸家村時，外面的天已經徹底黑了，多虧他牽了鴨子，有鴨子在前探路，這才避開一些坑坑窪窪。

而他天黑未歸，可是嚇壞了陸家的一眾人。

在他進家門時，姜婉寧正被一家人圍著，連聲逼問陸尚去了哪兒，奈何姜婉寧只知道他去做什麼，哪曉得他到哪裡去？

而他要做的事，姜婉寧心思百轉，也在家人面前瞞了下來。

當陸尚踏進家門的那一刻，院裡有一個算一個，目光全落在他身上。

陸奶奶最先反應過來，高呼一聲。「尚兒啊！」接著便直直撲向陸尚。

他身前的鴨子受了驚，撲稜起翅膀，甩了滿天的鴨毛。

「噗噗噗——」陸尚把嘴裡的鴨毛吐掉。由於說了一天的「媳婦兒」，這時說話也沒過腦子，他舉起拴著鴨子的繩，張口便是：「看我給媳婦兒買的鴨子！」

頃刻間，院裡就陷入了死寂。

一眾人的目光驚疑不定，慢慢從陸尚身上，轉移到姜婉寧那裡。

姜婉寧逃回了房。

陸尚卻是走不成的。

他前後左右都圍了人，陸奶奶更是擋在他前面，抓著他的手不斷噓寒問暖。「尚兒這一天可好？沒遇到什麼壞事吧？怎又買了東西回來？還那麼多東西……」

陸尚一一答了，又說：「這些家禽先養在院裡吧，趕明兒我給牠們圈個窩出來，平日就養著，想吃了也好宰殺。還有這兔子，賣給我的獵戶說是一公一母，放一塊兒待上一段日子，看能不能下小崽兒……這些蛋奶奶您拿去吧，別往廚房放了，什麼時候吃您看著辦。」

陸奶奶也記著王翠蓮搬空廚房的事，雖說她如今是回了娘家，但誰知道哪天又回來了？

好不容易弄回來的幾個蛋，可別又便宜了小舅子！
陸尚在外頭跑了一天，其中辛苦只他自己知道。
他明天還要繼續出去，也就不多寒暄了。
剛好陸光宗、陸耀祖兩兄弟在旁邊，當即被他抓了壯丁。
「去，把這些雞、鴨、鵝還有兔子安置好，小雞仔兒剛孵出來沒多久，記得跟其他的分開放，多小心著點。」
兩人小心應了，一人抱著小雞，一人牽著拴鴨子和大鵝的繩子，滿院子找安置點。
而陸曉曉和陸秋兩姊妹也跟在後頭，不時支使一句，全部的注意力都落在那些新來的家禽上。
「那我先回房休息了。」陸尚說。
「好好好，快去吧！」陸奶奶扶著腰，跟陸老二站在一起，目送他的背影消失在房門口。
屋外的家禽安置暫且不提。
隨著陸尚進屋，房門發出刺耳的吱嘎聲，姜婉寧原本坐在窗邊的，聞聲卻是整個人都緊張了起來。
屋裡沒有點蠟燭，只在門口放了一小塊蠟燭頭，微弱的燭火勉強照清門檻，再大的範圍就沒有用了。

陸尚進來後先是疑惑了一下，隨後張口便要找姜婉寧。

可他突然想起什麼，面上一熱，實在沒能喊出口，只好默不作聲地尋出火摺子，再依次把屋裡的蠟燭點上。

他們的屋裡一共有四個燭臺，全點亮後基本上整間屋子都能看清了。

然而便是到了這個時候，窗邊的姜婉寧也沒有轉身。她頭顱微垂，彷彿是對窗櫺上的木刺產生了興趣。

陸尚對其原因心知肚明，他彎了彎手指，難得感到尷尬。

過了好久，他才解釋道：「剛才……不是妳想的那樣。我今天在署西村為了方便，便藉口妳想吃肉鴨……」他將今天發生的事情簡略說了一遍，為了避免更窘迫，將「懷孕」一事隱去了。

聽完他的解釋，姜婉寧緩緩地吐出一口氣。

她也分不清自己是輕快多一點，還是悵然更多一點，但不管怎麼說，至少她能坦然面對陸尚了。

姜婉寧問：「夫君吃東西了嗎？」

「吃了。還好妳提醒過，我往兜裡捎了兩個餅子。晌午是在做養殖的農戶家裡吃的，晚上啃了一個餅子，稍微墊了一下。」

「那我再給你炒點菜？」

陸尚再怎麼病氣，好歹也是個成年男人，傍晚時吃的那點東西，早在進家門的時候就消化乾淨了。只是時間太晚，他不忍叫姜婉寧再出去折騰半天，過一身熱氣。

他擺手拒絕。「不用了，明天再說吧。」

姜婉寧想了想，又道：「時間太晚了，吃太油容易積食，就炒個青菜吃吧？我再用大醬炒兩個雞蛋，提前夾在饃饃裡，明早你走時帶上，有時間也可以放鍋裡熱一熱。」

陸尚萬萬沒想到自己會被饃饃夾雞蛋給誘惑到，到了嘴邊的拒絕含糊半天，終是被嚥了回去。「……好。」

他本想跟過去一起幫忙，哪知姜婉寧遞了條帕子給他，又從櫃子裡翻出一套乾淨衣裳給他。

陸尚一開始沒明白她的意思，直到在額頭上摸了一手的汗，手從鼻前揮過的時候全是汗臭味才明白過來。

饒是他再不講究，也忍不住對自己生了幾分嫌棄。

他老臉一紅。「那我、我先去洗洗。」

便是到了這個時候，姜婉寧還不忘叮囑一句。「別直接用井水，太冷了，小心著涼。」

「好，我先去了。」陸尚應了一聲，悶頭就走去院裡。

這時陸老二等人還沒有回房，見他出來少不得再問一句。

陸尚說：「出了一身汗，我出來擦擦身子……不出門了，就在樹底下。」

如此，其他人少不得迴避一二。

好在陸光宗幾個已經把雞、鴨都圈好了，除了嘰嘰嘎嘎地吵鬧些，至少不會踩一腳屎。而屋裡，姜婉寧跟陸家人打交道還是不多，也不太願意面對這一大群人，因此她一直等到外頭沒什麼聲響了，才從屋裡出去，又有意避開大槐樹那邊，側著臉，快速去了廚房。

等陸尚把自己打理乾淨，姜婉寧也炒好了菜。

她簡單地炒了個豆角，又熬了一碗疙瘩麵湯，把東西盛好放到桌上後，又轉去炒大醬雞蛋。

家裡的大醬都是提前做好的，儲存在一個海口罐子裡，口味偏重，隨吃隨取，多是給地裡幹活的男人拌飯用的，兩口醬、一個餅，這一頓飯也就有了。

姜婉寧在廚房翻找半天，才從角落裡找出最後兩枚雞蛋。

她在鍋裡添了一點油花，趁熱把雞蛋打進去，等雞蛋大概成了形，又添了半勺大醬進去。

陸尚進門的時候，大醬炒蛋也剛好出鍋。

為了方便他明天拿取，姜婉寧把饃饃也備了出來，三個饃從中間割開，裡面塞了滿滿當當的炒蛋。

陸尚被蛋香吸引，忍不住湊過去，看著顏色並不是很好看的炒蛋，偏偏嚥了口水。

「要不……先給我一個嚐嚐吧？」他實在沒忍住，被勾起了饞蟲。

姜婉寧扭頭看他一眼，眉眼都柔和了幾分，將最先做好的那個遞給他。「剩下兩個等明天再吃吧。家裡的蛋不夠了，不然就給你多備幾個了。」

「不礙事。」陸尚抓著饃，坐到板凳上，就這麼一口饃、一口菜，不時再搭配上兩口疙瘩湯，可是吃了個心滿意足。

飯後，他摸了摸肚皮，忍不住打了個飽嗝。

按理說剛吃飽飯是不能躺的，然而陸尚真是一點都不想站或坐了，麻利地把碗筷洗乾淨後，進門就直接上了床。

姜婉寧前兩天剛洗過床單，今早才換上新的，躺上去還能嗅到濃郁的太陽味道，清爽鬆軟，撫平一整日的躁動。

他們還是維持陸尚在外、姜婉寧在內的睡法，但不知何時，姜婉寧已經不再整個人死死貼在牆上了，有時睡得熟了，小半個身子都會靠在陸尚身上，全靠陸尚醒得早，再偷偷挪開身子。

臨睡前，陸尚突然想起一事。

「我帶回來了好多家禽，有約莫十二、三隻小雞仔兒，還有兩隻兔子、兩隻鴨子和一隻大白鵝。那鴨子是上好的肉鴨，別看個頭不大，我路上已經摸過了，現在吃正鮮嫩，妳要是想吃了，我就找人宰一隻。

「大鵝就先養著吧，家裡沒人的時候就拴在門口，把繩子拉長點，這樣萬一進個人，大鵝也能擋一擋。其實我覺得鵝還是不保險，妳等我再去找找，看有沒有合適的狗崽，給妳要一隻來養著，等養熟了也能保護妳……」

陸尚絮絮說著，聲音越來越低。

姜婉寧時不時應一聲，表示自己在聽，實際早在陸尚開始說話的時候，她的目光就漸漸渙散，哈欠打了不知多少個。

終於，屋外的雞、鴨停下鳴叫，屋內也陷入安寂。

一夜好眠。

第十章

陸奶奶記掛著陸尚外出的事，轉天早早就準備守在屋外。

但她到底還是慢了一步，等她匆匆忙忙出來的時候，陸尚早已經拎著布兜離了家。

就連姜婉寧都收拾妥當，正圍著那群小雞仔兒小心撥弄著。

「婉寧啊——」陸奶奶喊了一聲。

姜婉寧看過去，拍掉手上的灰塵。「奶奶。」

「哎！」陸奶奶走向她。「婉寧啊，尚兒還在屋裡嗎？」

姜婉寧搖頭。「夫君已經走了有一會兒了，他今天還有事要忙，多半也是要到晚上才回來。夫君特意囑託我跟您說一聲，叫您別擔心。」

陸奶奶卻沒能安心。「那妳知道他去哪兒？去幹什麼了嗎？」

姜婉寧說：「夫君也沒跟我說太多，好像是跟鎮上有什麼關係，具體的我也不知道。」

陸奶奶仍想打探。「那你們上次去鎮上都幹了什麼呀？尚兒說妳在書肆接了活兒，賺了好些銀子，什麼活兒能賺那麼多啊？尚兒這幾天出去是不是也是為了這個？」

既然陸尚沒有跟家人透露，姜婉寧自然也不會多這個嘴。

「我確實不大清楚，書肆的活兒也是夫君找到的，我只需寫一寫字就好了。至於夫君外出跟書肆有沒有關係……那日我被攔在了外間，並沒聽到他和書肆老闆的談話。奶奶要是實在想知道，不如問問夫君吧？我去給小雞倒點水，奶奶您要是沒旁的事，我便先去了。」

她看似回答了許多，但仔細一琢磨，偏沒有一句準話。

陸奶奶輕嘆一聲，望向門口的目光中難掩憂忡。

簡單吃過早飯後，龐大爺和樊三娘相繼送了孩子過來，兩家之前接孩子時碰過一次面，說起自家孩子的長進，那真是一個高興。

此時龐大爺一邊拍大腿一邊說：「把小孫孫送來陸秀才家可太對了！我就說陸秀才是個有本事的，看我小孫孫才學了幾天，都識得十幾個字了，還會背一首詩了呢！」

「就是就是，我家大寶也會寫好多字了！可惜家裡沒給他買紙筆，等下次去鎮上，我一定要替他備齊，省得天天用陸家的，倒顯得咱們占便宜似的，能有這麼好的夫子已經是最大的便宜了。」

龐大爺至今不知真正的夫子是誰，樊三娘也不會挑破。

但這也不影響兩人對「夫子」大吹特吹，越想越覺得把孩子送過來，簡直是做得最對的決定。

聽說龐大爺在他們村裡還炫耀過，已經有好幾家都在打聽怎樣才能也把孩子送來，叫陸秀才教導一二。

上午時候一切正常，兩個小孩被新來的小雞仔兒吸引，連畫畫都放一邊了，全圍在小雞旁邊，左看看、右看看，稀罕得不得了。

姜婉寧只在旁邊看著，並無打擾的意思，等他們看夠了、玩夠了，才問道：「那你們知道『雞』這個字如何寫嗎？且曾有大家為雞作詞，其言……」

她細細說著，見誰走神了，那便停下來等一等。

等這一上午過去，兩個孩子也玩開心了，對下午要學的東西也有了個大概的了解。

沒承想，晌午吃飯時，王翠蓮回來了。

王翠蓮的回歸叫一眾人大吃一驚。

就連陸光宗都小聲嘀咕道：「娘怎麼這麼快就回來了？之前不都是走好幾天嗎……」

不管旁人是何想法，王翠蓮卻像忘了之前的事似的，幾步走過去，臉上掛著笑。「娘、當家的，我回來了！」

陸奶奶的臉色並不好看，聞言冷哼一聲，不作回應。

陸老二雖然也不大高興，但畢竟是同床共枕多年的人，他悶了一口豆湯，粗聲粗氣地問：「回來幹麼？」

「唷！當家的，你看你這話說的！我家在這兒，我不回來，上哪兒去呢？哎呀，對了——」王翠蓮的表情驀地一變，把揹在後頭的背簍往地上一扔。她一手插腰，一手指著姜婉寧。「你們的東西拿回來了，快拿走、快拿走，誰稀罕這點破玩意兒！」說完，她把大寶和龐亮往兩邊一推，一屁股坐到了飯桌前。「正好我還沒吃飯，先讓我吃兩口！妳還坐那兒幹什麼？還不趕緊抱著你們的破東西滾蛋！」

「吵嚷什麼！怎麼，還是妳有理了？」陸奶奶聽不下去了，重重地一撂筷子，虎起了臉。

「娘您別光護著她！您瞅瞅這都多少天了，也不見她洗衣裳，也不見她做飯，成天待在屋裡躲懶，真把自己當祖宗了啊……」王翠蓮邊吃邊念叨，還時不時往姜婉寧身上丟一個眼刀。「我跟您說啊娘，咱們要是再不管教管教她，她早晚要翻了天！到時不管家裡也就算了，說不準連陸尚也不管了呢！」

聽到這兒，陸奶奶面容一僵，嘴唇顫了顫。「……別說了，吃妳的飯！」

王翠蓮得意地蹺起二郎腿，筷子專挑雞蛋吃。

見狀，姜婉寧卻是胃口全無。

她叫大寶和龐亮先吃著，又跟其餘人低聲說了句，轉身便去把王翠蓮帶回來的東西搬走。

本以為那大半筐東西會很重，姜婉寧都做好使力的準備了，哪想剛提起筐沿，入手的重量卻叫她晃了一下。

她壓下心裡的疑惑，將東西全部搬去廚房裡。

等背著全家人把裡面的東西清點一遍後，姜婉寧心裡也有了數。此時此刻，她是連氣都生不起來了。

王翠蓮是帶了東西回來，但姜婉寧估算著，連王翠蓮當初拿走的十之一二都不足，而且那些值錢的點心和肉類都沒有了，反而用鄉間最不值錢的野菜替換上。

王翠蓮帶回來的那小半簍東西裡，也就自家種的青菜還勉強值上三、五文錢，青菜上面壓著的兩枚雞蛋，一磕開全是臭的。

望著這些東西，姜婉寧滿心的無奈。

她記住陸尚的叮囑，便是再不高興也沒表露出來，只將所有東西重新收攏進背簍裡，一齊放去牆角，而後估算好大寶和龐亮吃飽了，才出去把他們叫上，一齊轉身回了房間。

背後有王翠蓮刻意拔高了的嗓音傳來——

「娘您看看！我早就說了，那小浪蹄子是越發沒規矩了，吃完也不刷碗、也不收拾，淨會躲懶！」

「行了，別說了！她那是給尚兒幫忙呢！這麼點兒家務，妳不會自己做嗎？整天拉扯她幹什麼？再說了，不還有曉曉和秋秋給妳幫忙！」陸老二喝斥道。

「那憑什麼我閨女能幫忙，她這做兒媳婦的不用幹？」

「就憑人家識字，能給尚兒幫忙！陸曉曉和陸秋可以嗎？婦人就是眼皮子淺，啥也不是！」

「是，她識字！」王翠蓮冷笑一聲。「識字又怎麼樣？還不是入了罪籍，被我三兩銀子買回來了……」

聽著背後忽高忽低的聲音，姜婉寧便是哀傷也只有一瞬。

她拍了拍大寶的後背。「走快些，要抓緊時間午睡了。」

隨著房門被合上，院裡的諸多紛擾也被隔絕在外。

不知何時，這間叫她恐懼厭煩的屋子，反成了她在這個家裡唯一的庇護之地。

王翠蓮的歸來，便注定了家裡的平靜走到了盡頭。

當天下午，她就來砸了一次門，大聲喊著「出來」，多虧陸奶奶在家，一聽見動靜就過來了，連吵帶罵地把她拽走，這才暫時安分了下去。

因這次事故，姜婉寧也不敢繼續留在家裡。

她從窗戶往外看，見王翠蓮回了房間，便叫上大寶和龐亮，輕手輕腳地離了家。

他們並未往遠處去，就在院子後面，只要不是特意繞過來找，不會輕易發現房屋後面還藏了人。

而在這裡，無論是龐大爺和樊三娘過來接孩子，還是陸尚回來，姜婉寧都能第一時間聽見聲響。

後半晌，院裡不出意料傳來無盡的喧吵聲。

家裡但凡是個活的，除了陸奶奶，王翠蓮把能罵的都罵了個遍，也不知她哪裡氣不順了，便是馬氏出來喝口水，都被她嫌棄光會吃喝，一點用都沒有。

若說姜婉寧對她多是無視，那馬氏除了逆來順受外，對婆母還要恭維著，被掐了也不敢吱聲，只能低眉順眼地認著錯。

有些聲音實在太過，姜婉寧越聽越是眉頭緊鎖，只能先把兩個孩子帶離這裡，轉去聽不見的地方。

然而今天陸尚回來得早，他們一大兩小還在找庇蔭地方的時候，便跟回來的陸尚撞了個正著。

此時正是午後悶熱的時候，陸尚不知在哪兒找了頂草帽，大半張臉都被擋在草帽底下，他的衣袖及褲腳全挽了起來，薄衫後面都濕透了。

他埋頭往前走著，一心想要快點回家。

直到被姜婉寧遙遙喊了一聲，他才茫茫然地停住腳步，四下一看。

「阿寧?!」

姜婉寧帶著大寶和龐亮過來，長時間待在太陽底下，幾個人的臉都有點紅。

「怎麼這個時候出來了？」陸尚不解。

姜婉寧搖搖頭，不欲在孩子面前多言，可陸尚跟她相處的時間久了，只一眼就看出其間自有隱言。

等姜婉寧再說一句「婆母回來了」，陸尚一顆心都沈到了谷底。

他眸光一暗。「她又為難妳了？」

「還好，且先回去吧。」姜婉寧轉移話題道：「夫君怎回來得這麼早？可是事情都辦妥了？」

陸尚隨手搓了搓大寶的腦袋，說：「不算辦妥，今天本是去找人的，問了好幾個村子都沒著落，我看天氣太熱，索性就先回來了。等明天再去打聽一二吧，實在不行就往鎮上問問。」

姜婉寧好奇地問：「找人？」

「是，我想找一個精通禽畜醫治的大夫，之後的生意少不了。」

「夫君說的是獸醫吧？」

姜婉寧這話叫陸尚頓時極為驚喜。「阿寧知道獸醫？」

姜婉寧點點頭。「很久之前有見過一次，是安王府上的側妃養了一隻藍眼貓兒，貓兒生病後特意請來的，聽說那郎中專治動物病症，無論禽畜還是寵物都是精通，後來被請進宮裡做專職郎中去了。」

陸尚剛興起的欣喜不覺褪了大半。「那除了京中，民間可有獸醫？好找嗎？」

姜婉寧對這些實在了解不多，但她還是給了建議。「夫君要是有門道，倒可以去軍中看看，軍營裡養著戰馬，一般都會有專人照看，一軍之中興許會配備一名獸醫。」

不巧的是，陸尚還沒手眼通天到這種地步。
他對姜婉寧沒什麼隱瞞，簡單將他這兩日的事說了說，又說起獸醫的必要。
比起他一心想找個獸醫，姜婉寧卻持有不同看法。「我對農家了解不多，但我覺得，一些經驗老道的養殖戶，不一定比獸醫差。而且他們常年飼養一種禽畜，或許就專精這一種了。」
陸尚也考慮過這些，但畢竟涉及到入口的東西，還是謹慎些好。
大寶和龐亮熱是熱著，卻也沒消去玩樂的念頭。
龐亮來陸家才十來天，性子卻比之前活潑了不少，這其中有大寶帶動的，但更多還是因為姜婉寧的引導。
姜婉寧雖以教書為主，但不會跟龐亮的娘親一般，只要一坐下就不許走神、不許亂動，稍微一點頑皮，便會遭到嚴厲訓斥。
姜婉寧只會告訴他「你正是愛玩的年紀，不差這一會兒」，等玩鬧夠了，龐亮自己先心虛了起來，就怕玩過了頭，只會更用功地彌補之前流失的時間。
一眼沒看住，兩個孩子又跑去了前面，一路打鬧著，一路往前走。
這正好給了陸尚方便，他捏了捏姜婉寧的手指，壓低聲音問道：「二娘怎回來了？」
姜婉寧回頭看了他一眼，同樣小聲地說：「我也不知道，就晌午吃飯時突然回來了，還帶了半筐東西回來。婆母說是把之前拿走的帶回來了，但我看著，裡面只有些野菜和自家種的蔬菜，唯二的兩個雞蛋還是臭的。」

對此，陸尚卻絲毫不意外，他勾了勾唇角，眼中一片冷然。「早想到了。無妨，她拿走的那些東西，早晚叫她都吐出來。」但凡王翠蓮對姜婉寧和善兩分，陸尚興許也不會這般咄咄逼人。他又問：「那她又怎麼為難妳的？跟我說說，我去給妳報仇。」

姜婉寧被他的說法逗笑了，想了想，如實將中午發生的事講了出來，說著說著，言語間不覺帶上兩分委屈。「……婆母說了，我便是識字，仍是叫她買了回來……」

早在她剛開口的時候，陸尚面上就徹底沒了笑意。

聞言，他更是手上一緊，直接捏痛了姜婉寧。

陸尚微斂雙目，忽然問：「阿寧想搬出去住嗎？」

「啊？」姜婉寧愣住了。

可她又無法否認，隨著時間流過，她心跳越發劇烈起來。

想。

當然想。

只要一想到或許能搬出去住，能和陸家人分開，姜婉寧就全然控制不住心頭的狂喜，嘴巴顫得都說不出話來。

不等她回答，陸尚在她背後拍撫一二，無聲安撫著什麼。

很快地，一行四人重新回到家中。

陸尚想了半路該如何叫王翠蓮安分些，沒想到她嘲諷姜婉寧的仇還沒報，一進家門，對方就自己撞了上來。

王翠蓮正帶著兩個女兒在院裡不知做些什麼，聽見動靜猛地回頭，待看見陸尚後，先是嚇了一跳，然後努力擠出一抹笑，親切地迎了上來。

至於跟在他後面的姜婉寧等人，王翠蓮彷彿沒看見一般。

王翠蓮直直扭到陸尚跟前，誇張地道：「尚兒，你這是去了哪兒？好久沒見著你，可是想死二娘了！」

陸尚也不應聲，就看她拙劣的演技。

果然，王翠蓮並非那等會迂迴婉轉的，才寒暄了沒兩句，就露出真實目的來。「哎喲，我剛才才看見，家裡多了那麼多雞、鴨、鵝！我聽曉曉說啊，那是你買來給姜氏養著的？她哪會養什麼雞、鴨啊，可不就是白白糟蹋了！正巧，曉曉她們早就想養幾隻雞了，既然你帶了回來，那就叫她倆幫忙照看著，等以後養大了，下了雞蛋，全分你一半！還有那兔子、那大鵝……」

反正院裡這幾隻活物，王翠蓮是安排得明明白白的，一家人全說到了，唯獨沒有陸尚和姜婉寧的事。

陸尚終於忍不住了，他似笑非笑地說：「二娘可能是誤會了，我買這些雞、鴨不是為了生養的，就單純要給阿寧解個悶兒罷了，她能養活最好，養不活也沒關係，我再給她買新的就是。什麼叫讓曉曉和秋秋照看著？二娘想多了吧？」
王翠蓮也記不起自己是什麼時候起，對這個繼子越來越怕了。
以前的陸尚雖也是叫人不敢靠近，但王翠蓮鮮少受他明面上的忤逆，家裡的大事小事他更是從來不管，全由王翠蓮作主。
現在的陸尚沒了那股子陰森氣，反倒變得越發威嚴起來了。
就像現在，王翠蓮吶吶了半天，也只說出一句。「我、我不也是為了你們著想的嘛，怎不領情呢……」
陸尚輕笑兩聲，轉頭跟大寶和龐亮說：「你倆先回屋去。」
他便是面上帶著笑，可周身氣場並不和善，兩個小孩極是敏感，聞言忙點頭，不過一眨眼的工夫，就全跑回了屋裡。
至於姜婉寧沒聽到支使，也就繼續留在這兒。
陸尚問：「我聽阿寧說，二娘把之前偷走的東西拿回來了？」
王翠蓮被那個「偷」字狠狠一刺，但凡換成別人，她早就破口大罵了，偏偏這麼說的是陸尚，她就是咬碎了牙，也只能賠笑道：「是，都拿回來了。既然你們非得要，那我也不能不聽。」
「拿回了什麼？」陸尚故作不知。
王翠蓮心虛地偏開目光。「就、就拿走的那些唄！我這一下午又是刷碗、又是洗衣裳的，可不跟某些人似的，整日閒著，看我忙了一下午，腦子都混沌了，也記不清楚了。」

明裡暗裡點一點姜婉寧，好像已經成了王翠蓮的習慣，要是哪天沒藉機數落對方兩句，她才是渾身不自在。

只是她上眼藥上錯了人，陸尚根本不會為此生氣。

他們兩人的衣裳都是隨換隨洗的，吃過飯的碗筷也是會順手洗刷乾淨，即便是平時的一日三餐，只要陸尚有時間，都會幫忙搭把手，根本不存在白吃白喝等伺候的情況。

而在他的觀念裡，即使是一家人，也輪不到叫一人伺候一家子。

陸尚冷笑一聲，徹底斂下好脾氣。「二娘既然不記得了，那就一起去看看吧，正好我數一數齊全了沒？」

王翠蓮徹底慌了。「數、數數……陸尚，你看我還有旁的事要忙，就不跟你一起去了。再說了，二娘的為人你還不清楚嗎？哪還用得著數……」

陸尚站在原地，不動彈也不說話。

而他的態度，也叫王翠蓮漸漸反應過來了，面上不禁染了一抹怒色。

「我知道了！怪不得你一進家門就數我的罪過，全是姜氏跟你告的狀是不是？我就知道她沒安什麼好心——」

「夠了！」陸尚聽得火起，厲聲打斷道：「二娘既然知道，也該明白自己幹了什麼？我之前就說過，要麼把東西原原本本地拿回來，要麼就等我去報官，現在看來，二娘是選擇後者了？」

「你不能這麼幹！」王翠蓮也是破罐子破摔了。「再怎麼說我也是你二娘，是你爹明媒正娶進門的續弦，是你的繼母！你去衙門告我就是不孝，你是要被縣太爺打板子的！我知道你不樂意，但東西已經沒了，你就是殺了我，我也拿不出來！陸尚，你以前明明不是這樣的人，全是姜氏教唆了你！」

王翠蓮一屁股坐到地上，就地打起滾來。

陸尚有的是手段對付不配合的潑婦，但正如王翠蓮所言，她畢竟還擔了一個繼母的身分，只要他在村裡一天，就不可能全無忌憚。

陸尚深吸幾口氣。「……行。那我就問，二娘羞辱阿寧的事又該怎麼算？」

王翠蓮的哭嚎聲一滯。「什麼？」

陸尚做不到當著姜婉寧的面重複那些話，只好改口問：「阿寧的身契是不是還在妳那兒？」

「在、在啊……」

「給我。」

王翠蓮張口便說：「憑什麼？那是我花了錢買來的，花了我整整三兩銀子，全是我掏的錢！就算是買來給你當媳婦的，她也該是我的人！」

聽到這兒，陸尚的火氣徹底壓不住了，他當即上前半步，直至感覺後襟被人牽扯住，回頭一看，卻是滿臉擔憂的姜婉寧。

姜婉寧張了張嘴。「夫君……」

陸尚唸了許多聲「冷靜」，儘量溫柔地把姜婉寧的手拂下去。「沒事，別怕。」他轉頭望向王翠蓮，眼中盡是厲色。「三兩銀子是不是？」

王翠蓮不明白他是什麼意思，吶吶地點了頭。

「等著！」

只見陸尚說完後，大步走回房裡，中途踹開門，連關都沒關，也不知在裡面做了什麼，很快又走了出來。

陸尚將幾塊碎銀子砸在王翠蓮跟前。「三兩，把身契給我！」

王翠蓮瞪大了眼睛，驚得沒法子，她回神後的第一個反應就是把碎銀子全攏在手心裡，然後從地上爬起來。「不、不行！三兩是之前的價錢，我還養了她好幾個月，給她吃、給她穿，還叫她有了住的地方，三兩已經不夠了，得十兩才行！」王翠蓮原本想說更多的，到底是怕了陸尚，只咬出個十兩。

但這三兩已經是陸尚短時間內能拿出來的極限了。

之前在觀鶴樓拿到的預付款是很多，但他也要考慮後續花銷，不敢輕易妄動了。

而提前支出的五兩銀子，在經過鎮上採買和署西村的買賣後，也剩餘不多了，就這三兩銀子還是他翻遍了整個屋子才湊出來的，把這三兩給出去，他便是真的分文無剩。

只是萬萬想不到，王翠蓮可以不要臉到這個程度！

陸尚掌心開開合合，甚至動了再換銀票的心思。

可這一回，姜婉寧緊緊抱住了他的手臂。

她用力搖著頭。「夫君，別……不值的，太多了……」

那可是十兩銀子呀！

便是她再怎麼想把身契捏在手裡，也不能白白便宜了王翠蓮。

陸尚扭頭望著她，眼底一片黑沈。「妳不要身契了嗎？」

「要，我想要的……」姜婉寧的聲音裡帶了點顫意。「等我把字帖交給書肆，我就有錢了，我可以自己贖回來，我自己就能把身契拿回來了，不急在這一、兩天。」

算算日子，她交字帖也就這一、兩日了。

聽聞此言，陸尚終於恢復了兩分冷靜。

而旁邊的王翠蓮則是兩眼放光，她想再提一提價格，卻被陸尚投來的眼刀止住了話。

陸尚一字一頓。「那就說好了，十兩銀子，把阿寧的身契給我，還差七兩。二娘既然事事算得這麼明白，那也別怪我跟妳掰扯個清楚了！等晚上我會找龐大爺問清楚，他之前送來的禮總共花了多少錢，加上我買的豬肉和魚的價錢，還請二娘都補齊！至於說什麼報官不孝……呵！」陸尚勾了勾唇角。「不瞞二娘，我沒打算繼續科考，這點子身外名，有沒有也沒什麼差別。二娘還是先想想，能不能熬得過大獄去吧！」

話已至此，兩人算是徹底撕破了臉皮。

陸尚去到廚房，將王翠蓮帶回來的背簍搬了出來，甩手丟在她跟前，臨走前又點了點牆角處的禽畜。「那些雞、鴨、鵝、兔子，別叫我看見妳再靠近！」

說完，他拉上姜婉寧，回房重重合上了房門。

院子裡的聲響，大寶和龐亮都聽了個清楚，雖然他們有許多東西不理解，卻也聽出了陸尚的勃怒。

兩人進來後，大寶和龐亮全站了起來，小心翼翼地退去牆邊，低著頭，好半天才敢偷偷打量一眼。

陸尚很久沒動過這麼大的火了，猛一冷靜下來，卻是胸口火燒火燎的，眼前更是一片矇矓。

姜婉寧看他狀態不好，忙去倒了水，又服侍他躺下，幫著解開了前襟，用床頭的書本幫他搧風。

就這樣過了小半刻鐘時間，陸尚才緩和些許。

他閉著眼，抬手抓住了姜婉寧的手腕。「不用了，歇下吧。等把妳的身契拿回來後，我就去探聽鎮上合適的住處，我們搬出去住。」這一次，他不再詢問，一錘定音。「就妳和我，不在陸家待著了。」

陸尚從來都知道，自己形單影隻多年，一向是個冷心冷情的，便是轉生到了這具身體，對其家人也只是熟悉的陌生人，要論什麼親情，實在太過淺薄了。
若非姜婉寧在最初激起了他的兩分憐憫，又始終陪在他身邊，恐怕連她也不在他的顧念範圍內。
而且他忘不掉，那日天光微沈，小姑娘一本正經地跟他說——
我賺錢養你。
即便是到了現在，陸尚每每想起，都會想笑。
但笑過之後，心底又是止不住的悸動。
他並不覺得自己有多大本事，也就是於商途有幾分經驗，剛好，能搞些銀錢，叫兩人過得滋潤些。

院裡的爭吵到底還是嚇到了兩個孩子，後半晌，姜婉寧便沒叫他們習字，轉說起之前看過的一些故事。
「相傳在南山之巔，積雪常年不化，有一千年蓮，乃稀世珍品……」
大寶聽得驚嘆不已。「那最後是狐妖守住了雪蓮，還是被人奪走了？」
「肯定是狐妖守住了雪蓮呀！」龐亮脆生生地說道。
之後兩人就雪蓮的去處爭論了起來，直至到了下學時間，還沒爭出個結果。
今天陸尚特意把龐大爺攔下，他先是誇了龐亮認真，趁著兩個小孩互相道別時，問道：

「龐大爺上次送來的那些東西，方便問問您價格嗎？」

龐大爺一愣，沒想到這麼多天過去了，陸尚竟還在糾結之前的禮。

陸尚掐頭去尾，含糊地說道：「家裡進了賊，把您之前送來的東西全偷走了，也是碰巧，後來被我們逮到了，只是那些東西她都用了，我便合計著，叫她照價賠償。」

龐大爺第一反應就是：「那可得報官啊！」

陸尚笑笑。「所以還請您跟我說說，裡面都有些什麼？價值幾何？龐亮是個好孩子，在家裡這麼多天，無論學習還是什麼都適應了，只要你們不嫌棄，自可以一直學下去，便也無須在意那些虛禮了。」

龐大爺被他說得徹底安了心，他掰著手指頭算了半天。「那些東西裡面，要說值錢的，也就只有一盒點心貴了點，大概四兩，再就是一些臘肉和燻肉了，多是豬肉，只有一小塊牛肉，加起來大概二兩銀子，再有旁的……」零零散散合計起來，也有十兩了。

饒是知道龐大爺大手筆，陸尚聽到後也不禁倒吸一口氣。

當初第一天上課時，龐亮還帶了他娘給姜婉寧準備的禮物，裡面全是自己繡的帕子和香囊，一看便是用了心。

這要錢有錢，要心意有心意，可見龐家無論是對小兒還是陸尚，全是上了心。

龐大爺接著問：「陸秀才啊，你看這也好多天了，那拜師禮？」

「這個不急。」陸尚還是拖。「家裡最近可能還有點變動，等安定下來再說吧！」

「啊？喔喔，那也行。陸秀才要是有用得到我的地方，可千萬別客氣啊！」

「好。」陸尚道了謝，又跟他們告了別。

當天晚上，陸尚在飯桌上把王翠蓮偷走的東西算了一遍，寬容地道：「我畢竟不跟二娘似的斤斤計較，就粗略算十兩吧，二娘看什麼時候方便，把錢還了。我知道二娘也沒貪了這些東西，都是給娘家送去了，我也好說話，這個錢就不叫二娘出了，誰收了東西誰出，可行？」

王翠蓮一下子站了起來。「不行！」

東西給了誰？當然是給了她的寶貝弟弟啊！

叫她自己出錢都不願意了，何況是叫她的寶貝弟弟拿錢？那可不是要了她的命！

王翠蓮當場罵咧了起來。「你以為我不知道你們安的什麼心嗎？你不就是嫌我沒把姜氏的身契給你嘛，你就是存心報復我！可憐我在老陸家辛苦十幾年，到頭來連這幾兩銀子都不值！我給你們老陸家生了好幾個孩子，好不容易把他們拉拔大，就連陸尚天天生病，我也全無怨言地照顧著，到頭來你們就這麼對我？我真是命苦啊——」

許是她演得太逼真，陸老二有些聽不下去了。

他看了看陸尚，緩緩地道：「尚兒啊，你看你二娘也不容易，要不然——」

「不然就把阿寧的身契給我，偷東西的事也就一筆勾銷了。」陸尚冷臉道。

陸奶奶眼睛一亮，撐著桌子站起來，忙去推了王翠蓮一把。「還不快去把婉寧的身契拿來！尚兒都不跟妳計較了，妳還想怎麼樣？那可都是點心和肉啊！妳還真想下大牢不成？再說了，婉寧既然已經成了尚兒的妻子，把身契交給尚兒保管也是應該的啊！」

王翠蓮不甘心，卻也沒辦法，一路被陸奶奶推搡著，在屋裡磨蹭半天，終於拿了一張泛黃的紙出來，黃紙最下面捺著官印。

陸尚接過後，轉手就給了姜婉寧。「是這個嗎？」

姜婉寧竭力控制著，才說出清晰的話來。「是。」

陸尚點點頭，重新端起飯碗，在滿桌的沈寂中，率先吃起了飯。

吃了兩口後，他忽然想起來。「對了，還有下午給二娘的那三兩銀子，二娘別忘了還回來。」

王翠蓮一聽，沒說出話來，她一個大喘氣，竟是被當場氣暈了！

一時間，眾人亂作一團。

陸老二皺著眉把她拖回屋裡。

陸奶奶著急地搓著手，探頭探腦地問著情況。

其餘人也全圍了上去。

一時間，桌上竟然只留了陸尚和姜婉寧兩人。

不等姜婉寧覺出驚慌，就聽陸尚在耳邊笑著說道——

「好了，身契有了，等過兩天我把字帖交回去，且跟阿寧借一些銀子，看能不能在鎮上租間房，等以後我再還妳。」

大概是要跟媳婦兒借錢的緣故，陸尚有些窘迫。

姜婉寧卻沒注意到這些，她只是在嘴邊唸了好幾遍「去鎮上租間房」。

好半晌後，她咧開嘴，笑道：「嗯！不用還！」

王翠蓮那邊又發生了什麼，陸尚不關心，也不好奇。

回房後，他跟姜婉寧一起合計了一番手裡的積蓄，又考量了一番對鎮上宅子的要求。

姜婉寧說：「要是可以的話，最好有兩間房，一間用來住，另一間用來唸書，省得叫孩子們日日跟我們在一起，也能規矩些。」

陸尚嘴上應著，心裡卻想著要三間房。

他一間，姜婉寧一間，然後書房一間。

現在兩人住在一起，那是條件有限，不得不如此。

可要是等搬出去了，兩人再住一起，是不是就有些……

陸尚心裡說著只把姜婉寧當妹妹看，但一想到日後真要跟她分開住了，又莫名有些不得勁。

而他根本沒意識到，光是這些天跟姜婉寧的相處，許多舉動又哪裡是兄妹之間該有的？

這天晚上，他並沒有提及身契之事。

姜婉寧也藏了兩分私心，見他沒說，也就沒有提及，只把身契牢牢地攥在自己手裡。

轉過天來，陸尚出門晚了些，跟姜婉寧一起練了兩套健身操，又在家人面前露了面，方才出門。

王翠蓮大概是還病著，一直到他走都沒露面。

而他昨天也都說清楚了，家裡的雞、鴨、鵝、兔子等，那是全部屬於姜婉寧的，非她允許，誰也不許動，更別想要據為己有，成了家裡的公有財產。

陸尚這些年養病、唸書花了不少錢是真，但他考上秀才後，月銀也填補了不少，再有他秀才免稅的便利在，很難說清到底是誰占了更多的便宜。

只是沒想到，這天陸尚走了沒多久，陸奶奶就找上了姜婉寧。

她倒也不是要責怪昨天發生的事，而是說：「婉寧啊，我看妳一直在教兩個孩子識字唸書是嗎？」

這事在陸家不是什麼秘密，姜婉寧便痛快地點了頭。

陸奶奶又說：「那妳看，妳教別人家的孩子，怎麼也不教教光宗和耀祖他們？識字唸書可是好事啊！」

「啊？」姜婉寧有些茫然，不知陸奶奶何出此言。

很快地，她便有了答案。

陸奶奶說：「昨兒我聽王氏提起才想到，這識字唸書是費錢，可那全是因為要找夫子，要買書、買紙筆，才花費多了，但眼下家裡就有現成的夫子，可不是省了一大筆錢？我聽說尚兒不太想考了，那咱家也不能就此斷了不是？我就想著啊，妳再受點累，把光宗和耀祖也帶上，也叫他們識幾個字，將來跟他們大哥一樣，給家裡考個秀才！」

姜婉寧問：「那他們兩個……之前有唸過書嗎？」

「哪有呢！他倆淘氣，根本不肯看書，到現在還是大字不識一個哩！」

「這樣啊……」姜婉寧找不出拒絕的理由，只好半推半就地答應了。

她倒沒把這事看得多重，總歸就是兩個孩子，還是在家裡，再怎麼頑皮，也翻不出天去。

晌午吃飯時，王翠蓮還是沒出來。

陸奶奶把陸光宗、陸耀祖要跟著姜婉寧唸書的事說了。

陸老二應該也是提早被知會過了，只說了一句。「好好學，別一門心思玩耍了。」

陸光宗和陸耀祖沒有拒絕的權利，但看表情，仍是不願的。

等睡過午覺，兄弟倆就去了姜婉寧房裡。

他們夫妻倆的屋子本來就不大，一下子塞進了五人，就算其中四個還是孩子，也有些擁擠了。

考慮到陸光宗和陸耀祖的基礎，姜婉寧少不得遷就一二。「那今天咱們就把之前學過的復習一二，大寶和亮亮可還記得之前學過了什麼？」

趁著他們兩人寫字時，姜婉寧便去教陸家兩兄弟寫自己的名字。

前幾天樊三娘和龐大爺都給自家孩子買了紙筆來，因此之前的兩桿毛筆就閒置下來，正好給兄弟倆用。

陸光宗被陸尚教訓了幾次，在姜婉寧面前不敢造次，最多也只有悶頭不語，其他也不敢多做。

陸耀祖就不一樣了，他昨晚才被王翠蓮叫到身邊，跟他說了半天姜婉寧的不好，因此現在看著她全是抗拒。

在姜婉寧給他磨墨、遞筆的時候，陸耀祖猛地推了她一把。

「妳走開！」

虧得姜婉寧後面有圓凳擋著，這才穩住身形，可筆尖上的墨點全甩了出去，濺了她滿身，桌上的紙也被波及。

……行吧。

姜婉寧看看自己裙襬上的墨點，要說生氣倒還真沒太生氣。

有王翠蓮在前，陸家的其他人，於她而言也不過如此。

且她從小就知道，有些人的命運是注定的，就像有人偏要窮苦一輩子，不想改變、不想上進，你追著、趕著去拽他，得不到感激不說，或許還會被怨懟。

這種時候，尊重他人的命運，便是最好的了。

姜婉寧把筆放下，平和地問道：「那還學嗎？」

陸光宗仍是不說話。

陸耀祖則大喊：「我不用妳，我要大哥教！」

「可夫君出門了，要很晚才回來。而且他從不教人，一直都是我在講學呢。」

陸耀祖還是不同意。「妳滾！」

姜婉寧的面色淡了下來，她深深地看了兩人一眼，索性遠離這裡。

她看了大寶和龐亮一眼，兩人剛剛即使好奇，也老老實實握著筆，一筆一畫地落下學過的大字。

「今天的任務便是把之前學過的字寫兩遍，寫完就可以下學了。」

「好！」大寶和龐亮相繼應聲。

等安排完他們兩個，姜婉寧也就不在桌邊守著了。

她走去牆角，把上了鎖的櫃子打開，將底下的布疋拿出來後，又順手掛上鎖。

只見她手裡拿著的正是之前在鎮上買的月白色棉布，棉布被裁剪過，已經可見短衫的雛形。

自陸尚外出開始，姜婉寧就在縫製短衫了。

大寶和龐亮都是比較省心的孩子，姜婉寧只需稍作引導，再時不時檢查一二，他們就能很好地完成功課，而在這段時間裡，姜婉寧便是空閒的。

她抓緊這點時間，按著陸尚的身材裁剪了棉布，因布料有限，只能縫出一件短衫。

剩下的布料便做些錢袋之類的，另有一塊分出來，是要給馬氏的孩子做口水巾的。

這段時間，姜婉寧一直仔細塗抹搽手的膏脂，手上的繭子已經褪了不少，肌膚也恢復幾分細嫩。

偏她許久沒碰針線，初一拾起來，手藝還有幾分生疏，前兩天更是不小心扎到了手上，叫才見好轉的手指又多了幾點傷痕。

也幸好針尖留下的傷口細小，這才沒被陸尚發現了。

眼見姜婉寧一心做起針線來，被無視在桌前的陸光宗和陸耀祖卻都懵了。

在他們的設想裡，這個大嫂該哄著求著他們的，這樣才能叫他們動一動筆，不去找爹和奶奶告狀。

可現在這又是個什麼情況？

陸耀祖尚且呆愣著，陸光宗卻敏感地覺出兩分不妙。

偏陸光宗根本沒碰過筆，就是想寫字，現在也是寫不出來的，而叫他跟姜婉寧服軟，那就更是不可能，因此只能望著泛黃的紙張抓耳撓腮，全無辦法。

他們兩人的動靜，姜婉寧全部知道。

但人嘛，總該為自己犯下的錯誤負責，小孩子也一樣。

轉眼到了快下學的時候，姜婉寧把做了大半的短衫收起來，又指點了大寶和龐亮的筆觸。

「如今你們也識了二十幾個字，從明天開始，我們便要學《千字文》了。回家可以叫你們爹娘給你們收拾一塊平整的沙地出來，就跟你們平時畫畫的地方差不多，用來回家練習大字。」

兩人認真記下，又纏著姜婉寧講了兩個志怪小故事，被唬得一愣一愣的，才讓家人接回了家。

至於第一天跟著上學的陸光宗和陸耀祖兩兄弟……

陸奶奶一手拉一個，問：「你們都學了什麼呀？」

兩人傻住了。

姜婉寧送完大寶和龐亮回來後，順口提了一句。「我看五弟和六弟好像不太想識字，今天差點打翻了墨，還弄髒了一張紙，奶奶您要不再勸勸他們吧？這一張紙畢竟不便宜……」

她委婉勸道，面上全是難色。

陸奶奶一開始還沒什麼反應，可等聽到弄髒了紙，立即就心疼了。

「什麼紙啊？不會是尚兒的紙吧？」

姜婉寧說：「正是。家裡只有夫君買著紙筆，我想著五弟和六弟與夫君是親兄弟，便給他們用了，誰承想……」

「哎喲！你們兩個不聽話的！」陸奶奶生氣了，一手一個，全給了巴掌。

正當她教訓孫子的時候，陸尚也趕了回來。

他沒有問緣由，跟陸奶奶打了聲招呼，便喊上姜婉寧回房，只在經過的時候，漫不經心地提了一句。「這是又闖禍了吧？可不能輕饒，不然可不長記性。」

之後，便聽見身後的責打聲更大了。

姜婉寧勉強保持著面上的表情，然剛進到屋子，便忍不住笑了出來。

陸尚同樣笑吟吟的。「看他們挨了打，高興了？」剛才他進門時，正好聽見姜婉寧跟陸奶奶告狀。

旁人看不出姜婉寧的心思，陸尚卻是門兒清。

尤其她還提了陸尚，可不就是熄了陸奶奶對兩個小孫子的最後一點寵溺？

陸尚在陸奶奶心裡的地位，那可是誰也撼動不得的。

姜婉寧被戳破了也不害怕，仍是高興的。

她把兄弟倆想跟著唸書的事說了說，又問陸尚的意思。

對於陸光宗和陸耀祖要跟著唸書，陸尚卻沒有什麼想法，畢竟……「等我在鎮上找好了房子，我們就搬走，他們兩個也就跟不得了。」

姜婉寧不想顯得自己太著急，卻還是忍不住詢問。「找房子要多久呀？」

陸尚估算著，道：「我明天去鎮上一趟，把字帖交了，再去觀鶴樓找掌櫃問點事，之後就去牙行打聽宅子。要是快的話，十來天就可以定下來，最慢也就一個月。或者隨便找個房子先住下，等後面有心儀的了再換，妳看呢？」

話是如此，陸尚卻更偏向一次定下來。

沒想到姜婉寧與他持有相同看法。

「那不如就多花一點時間，直接找個合適的吧，不然搬來搬去的也麻煩。」

「好，那等我跟牙行看過一遍後，再帶妳去作最終決定。」

姜婉寧不知道她的意見能占多大作用，但有陸尚這句話在，總是叫人高興的。

晚上臨睡前，陸尚說起今天的收穫。

「我在豐源村發現了菜園子，那邊的村民只留了一小部分的耕田，剩下的田地全種了蔬菜，各種常見的菜都有，瞧著很是水靈新鮮。而且他們村在河道下游，也方便捕魚，我見有好幾家圈了魚塘，養些魚、蝦、蟹子……這些都能給酒樓等地供貨，還有一些富商家的採買，就看後面能不能定下來。至於給觀鶴樓的肉鴨，我問到南星村也有幾家養殖戶，等下次我再過去看看，看他們那邊有沒有肉鴨？」

姜婉寧是一個很好的傾聽對象。

碰上她有所了解的，她便提一點意見，一點輒止，並不多言；若是她不曾聽聞的，那就仔細聽著，偶爾一、兩句疑問，反叫人更欲傾訴。

陸尚驚喜地發現，姜婉寧在許多方面都有所涉獵。

哪怕她從來沒有做過農活，也沒下過耕田，但這並不妨礙她曾看過許多農政要書，對大昭諸多農耕律令爛熟於心。

想想姜婉寧的年紀，再想想他自己，陸尚不禁汗顏。

窗外星辰閃爍，又是一日過去了。

第二天清早，陸尚把姜婉寧寫好的字帖收妥，等龐大爺來送小孫孫的時候，順便跟上了牛車。

對於龐大爺的疑惑，陸尚自有說辭。「我給他們留好了作業，阿寧會幫忙看一日的。」

「這樣啊，那就好、那就好。」龐大爺也知道，人家不可能把所有時間都放在教孩子上，臨走前還能安排好，已經很好了。

待陸尚抵達塘鎮後，他第一時間便先去了書肆。

按著他們之前約定的，今日正好是一旬。

但叫他沒想到的是，不等他進到書肆，在門口就先被人攔下了。

他不認識攔下他的人，攔人的卻是認識他的。

「我記得你，你就是上次代寫書信那姑娘的相公！」

陸尚愣了一下，冷不防想起這回事。

當初他還信誓旦旦地跟圍觀的百姓說，下次還來，價格肯定實惠，而實際上，要不是被人攔下，他早忘了這回事！

攔住他的人往他左右看了一遍，沒找著他夫人後，便把他放開了，只問道：「你家夫人呢？你家夫人沒來嗎？不是說她還來幫大夥兒寫信的嗎？」

「呃……咳咳，是這樣的，」陸尚賠笑道：「我家夫人上次來鎮上，不幸染了風寒，這些天一直在養病，這才失了約。等她好了，我們一定會過來的！」

旁人對此話將信將疑，只是他夫人不在，就算他們不信也沒辦法，囑託半天，也只能放他離開。

書肆老闆早在外面響起動靜的時候就出來了，看見陸尚後，那提了十來天的心總算落了下去。

陸尚避開前面的人，趁人不注意時才進了書肆。

今天書肆裡的人多了點，黃老闆便把他引去了後面。

等落下簾子，黃老闆就迫不及待地問：「可是送字帖來了？」

「正是。」一邊說著，陸尚一邊將身後揹著的卷軸拿了出來，和黃老闆一人一張，將其攤平開了。

隨著字帖露出全部面貌，黃老闆的呼吸都急促了。「這這這……」陸尚早就提前欣賞過，但便是再看，還是覺得與有榮焉，他問：「黃老闆且看看，這兩張可還滿意？我家夫人說了，空了一張紙，留著也是浪費，索性一齊寫了，都交給黃老闆。」

「滿意！可太滿意了！」黃老闆小心撫摸著兩張字帖，滿眼全是上面的字，一張字體娟麗秀氣，一張筆鋒狂放張揚。

要不是提前見過，黃老闆怎麼也不相信，這會是出自一人之手，還是一個看著柔柔弱弱的姑娘。

陸尚問：「那之前說好的報酬……」

「之前說的不算了！」黃老闆一拍櫃檯。「這等帖子豈是七百文就能買到的？我給一兩銀子！」他像是怕陸尚反悔，趕緊去拿了二兩出來，塞給陸尚後才繼續說：「煩勞公子跟夫人商量商量，看能不能改成一句兩張帖？不拘字體，一律按一兩銀子算！要是能多一點的話，我再給賞錢。」

這畢竟是姜婉寧的活兒，陸尚不敢替她作主。

「那等我回去跟夫人商量商量，這次就還是先按一張帖來算吧，等我問過夫人的意見，下次來交帖時，再給老闆答覆。」

黃老闆雖覺遺憾，卻也無可奈何。

但他還是準備了四張紙，說什麼也要陸尚給帶回去。「沒事沒事，就當是兩次的一起給了，公子一齊帶走吧！」

陸尚拒絕不得，只好全部收下。

等他離開書肆後，黃老闆轉身就去找了街上傳話的小童，付了三文錢，催促道：「你現在就去郭家找郭老爺，就說我給大公子尋了兩幅極好的字帖，趕明兒就給郭老爺送去！」

什麼二兩銀子？等他把字帖給郭老爺獻上去，就是二百兩也不多啊！

——未完，待續，請看文創風1247《沖喜是門大絕活》2

2024年3月出版

醫路福星

文創風 1244～1245

林菀沒想到剛穿越過來，就要為自己的人生大事做決定，
秀才李硯好心救了落水的她，卻被逼著要為她負責，
唉，這不是為難人家嗎？而且就算不結婚，她也有信心能在這裡站穩腳跟，
因為她發現，這裡有許多名貴中藥野長在山上，乏人問津，
這裡的村民太不識貨了，這些可都是《本草綱目》裡的神藥啊！

君心如我心，莫負相思意／夏雨梧桐

林菀覺得一頭霧水，她明明在醫院值完夜班累得半死，回家倒頭就睡，
怎麼一睜開眼，就到了這奇怪的地方？難道自己也趕時髦穿越了？
可她無法從原身的身上，搜尋到和這個世界有關的任何訊息，
不行，她得先搞清楚這是哪裡、她是誰，才能應付接下來的難關。
透過原身的幼弟，她得知這是大周，他們住的地方叫林家村，
父親被徵召戰死，母親不久也死了，姊弟三人由懂醫術的祖父撫養長大，
祖父死前安排好了大姊的婚事，如今家中僅剩十六歲的她和幼弟，
而原身採藥時意外跌入河中死了，然後她穿來，被路過的同村秀才所救，
恩人李硯將她一路抱回家，還好心地花錢從鎮上找了大夫來醫治她，
可問題來了，男女授受不親，這一抱瞬間流言四起，難道她要以身相許嗎？

流浪貓狗介紹所

為流浪貓狗加油

和貓寶貝 狗寶貝

廝守終生(一定要終生喔!)的幸福機會

對人來說，貓寶貝狗寶貝只是生活的一部分，但妳(你)對牠們來說，卻是生活的全部，領養前請一定要考慮清楚──

▲ 害羞的大眼睛女孩──布偶

性　　別：女生
品　　種：米克斯
年　　紀：6個月
個　　性：膽小、無攻擊性
健康狀況：已結紮，已施打一劑預防針，愛滋白血陰性
目前住所：台中市西屯區（中途之家）

本期資料來源：洪多多小姐

『布偶』的故事：

討喜的毛髮和毛色，氣質優雅，正是布偶貓的迷人之處。混到布偶貓血統的布偶，外型天生好，個性也好，而且混種貓還比純種貓更容易照顧。不過，各位貓奴們可先千萬別暴動，且再往下看……

布偶目前不親近人類，時常窩在愛媽家的天花板上活動，連吃飯喝水都避著人享用，一看見愛媽探頭探腦地想觀察牠，就會發出喵喵叫，似乎頗有種「登徒子別偷窺，黃花大閨女我未出嫁，不許亂瞄亂瞧」的莫名喜感，愛媽的拳拳愛女之心，尚待布偶回眸一笑啊！

如此嬌羞的小閨女，連照片都是剛來中途家需要關籠隔離一段時間才拍到的。若您就是偏愛家貓獨立來去的人士，願意與布偶簽下一生一世的契約，用耐心締結良緣，請在臉書搜尋洪小姐，或是加Line ID：dhn0131，高貴不貴的喵星人等您上門「娶」回家！

認養資格：

1. 認養人一旦認養，須負擔部分醫療費（延續救援用），
並繳交半年期追蹤保證金，回報正常且確認無誤後，會歸還保證金。
2. 須同意簽認養寵物切結書。
3. 須同意送養人日後之追蹤探訪，對待布偶不離不棄。

來信請說明：

a. 個人基本資料：姓名、性別、年齡、家庭狀況、職業與經濟來源等。
b. 想認養布偶的理由。
c. 過去養寵物的經驗，及簡介一下您的飼養環境。
d. 若未來有結婚、懷孕、出國或搬家等計劃，將如何安置布偶？

風 文創
1246

沖喜是門大絕活 1

國家圖書館出版品預行編目資料

沖喜是門大絕活 / 茶榆著. --
初版. -- 臺北市 : 狗屋出版社有限公司, 2024.04
冊 ; 公分. --（文創風 ; 1246-1249）
ISBN 978-986-509-509-3（第1冊 : 平裝）. --

857.7　　113002391

著作者	茶榆
編輯	黃淑珍
校對	吳帛奕
發行所	狗屋出版社有限公司
地址	台北市104中山區龍江路71巷15號1樓
電話	02-2776-5889～0
發行字號	局版台業字845號
法律顧問	蕭雄淋律師
總經銷	知遠文化事業有限公司
電話	02-2664-8800
初版	2024年4月
國際書碼	ISBN-13　978-986-509-509-3

本著作物由北京晉江原創網絡科技有限公司授權出版

定價290元

狗屋劃撥帳號：19001626

網址：love.doghouse.com.tw　E-mail：love@doghouse.com.tw